U0542798

江苏省高校优势学科建设工程三期项目

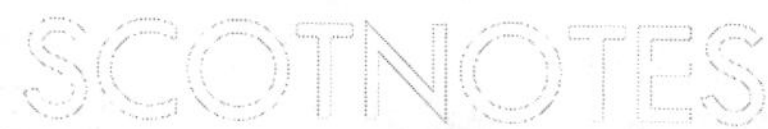

苏格兰文学经典导读　主 编　吕洪灵

Robert Louis Stevenson's The Strange Case of Dr Jekyll and Mr Hyde, The Master of Ballantrae and The Ebb-Tide

罗伯特·史蒂文森：新浪漫主义的心灵写手

[英] 杰拉德·卡拉瑟斯 著　刘爱华 译

南京大学出版社

序

2018年10月31日，为筹备在南京召开的苏格兰文学研讨会设置的会议邮箱里收到了一封信，正是这封信开启了本套书的策划与翻译工作。来信者是时任苏格兰文学研究会（ASLS）副会长的科比特（John Blair Corbett）教授，他在信中表达了在中国推介苏格兰文学的热情，并询问是否有可能合作在中国翻译出版该研究会编辑出版的《苏格兰文学笔记》（*Scotnotes*）系列。在国内编译出版一套以“苏格兰文学”冠名的丛书？这可是一个令人忐忑的提议。

说起《哈利·波特》系列、《金银岛》、罗伯特·彭斯的诗歌等作品，国内读者无论老幼可能都会有所了解，甚至对其中一些耳熟能详；说起苏格兰，大家也会自然想到它峻美的高地、昂扬的风笛和别致的格子裙，当然还有近年来沸沸扬扬的独立公投等政治历史事件,但要说起苏格兰文学,人们则不免要发出疑问:面积不足8万平方公里的苏格兰有自己的文学吗,它不就是英国文学吗?T.S.艾略特在1919年还以“有过苏格兰文学吗”为题写过评论,令人更加怀疑苏格兰文学单独存在的合法性。质疑依然存在着,但人们也渐渐看到,文学成就未必与地域面积形成正比关系;苏格兰文学自带传统和历史感,也并不完全等同于英国文学。沃尔特·司各特、罗伯特·彭斯和托比亚斯·斯摩莱特等等为众人熟知的作家的苏格兰身份和写作的苏格兰属性日渐得到研究者的关注,现当代苏格兰作家穆丽尔·斯帕克、埃德温·摩根、詹尼斯·加洛韦的创作也是风生水起、引人瞩目,这些都加强了苏格兰文学的整体影响力,而苏格兰文学研究的学科建设也在二十世纪六十年代在格拉斯哥大学始见端倪。

苏格兰文学以其独特的文学文化特性在国际上日益受到关注和重视,在我国,它作为单独的文学现象近年来也开始受到研究者的重视,南京师范大学为此还建立了苏格兰研究中心以推动相关研究。但是,“苏格兰文学”仍然属于小众化和边缘化的概念,在出版市场上尚未受到广泛的认可和推广。因此，刚看到这封邮件时，我们有些犹豫，但同时也感到仅仅在学术圈内发表文章探讨苏格兰文学影响有限，有必要向更多的读者们推介相关的作品和研究成果，为研究者提供基础性的研究文献，如此，翻译推介苏格兰文学研究会出版的《苏格兰文学笔记》丛书也许就是个很好的开端。这是一项开创性的工作，如果成功，它将会是国内首套译介苏格兰文学评论的丛书。果然万事开头难，我们与出版社的联系远非一蹴而就，在几近放弃时，南京大学出版社伸出了合作的橄榄枝，由此自 2018 年 12 月底正式开始了三方合作翻译出版该丛书的工作，并组建了由中外苏格兰文学研究学者构成的编辑委员会。

原丛书的出版者苏格兰文学研究会“以促进研究、教授和创作苏格兰文学，深入研究苏格兰语言为宗旨”，《苏格兰文学笔记》正是基于这一宗旨而编写发行的导读性丛书。该丛书从首册出版至 2019 年 4 月，已经有 39 册面世，涉及的作家作品跨越不同的时期，代表了苏格兰文学在相应时期的成就。这些作家作品是对苏格兰文学传统继承或创新的典范，其中有闻名遐迩的大作家，也有当代的文学新锐。在策划编译的过程中，为了增进国内读者对苏格兰文学的熟悉感和亲切感，我们从已有的《苏格兰文学笔记》中精选了五册，其内容皆与苏格兰经典作家和文学样式相关：罗伯特·路易斯·史蒂文森、罗伯特·彭斯、穆丽尔·斯帕克、埃德温·摩根，以及苏格兰民谣，为此，这五册书也获得了一个新的丛书名称：《苏格兰文学经典导读》。也许仅仅五册令人感觉难以反映苏格兰文学全貌，不过，这五册选篇的时间跨度较大，从古至今的苏格兰文学创作在其中皆有代表，兼具了历史感与时代感。《苏格兰民谣》引介的是苏格兰民族传统的文学形式，其源头可以追溯到中世纪，流传至今经久不息；彭斯代表了十八世纪的苏格兰文学，史蒂文森则为十九世纪的文学名家，埃德温·摩根和穆丽尔·斯帕克更成为现当代苏格兰文学的翘楚。该丛书并不仅对导读的对象进行基础性的介绍，而且基于苏格兰文学的发展，评析相关作品和文学现象，有着各自的批评视角和研究观点。

五册导读章目简明清晰，内容深入浅出。它们根据研讨对象的时代背景和创作个性，既进行微观的作家作品简述，也展开宏观的历史文化背景梳理，既有剥丝抽茧的作品个案分析，也有高屋建瓴的创造性纵论，突出了导读对象在文学史上的地位及其创作成果的文艺美学价值。它们评介的视角关注作家作品的苏格兰性，将他们当作苏格兰文学不可或缺的一部分进行阐释与评述，同时也细致地论述了作品的特色与生命力所在，揭示他们对人性及社会的普遍关注，很好地展示出苏格兰文学的艺术性和人文关怀，为我们了解苏格兰文学的传统与发展、认知苏格兰文学的文学性、社会性和国际性提供了很有价值的参考。

《苏格兰文学经典导读》的原作皆由教学经验丰富的苏格兰文学研究专家执笔，他们的评述通俗易懂又富有学术含量。本译丛的译者也皆为高校教师，在文学研究及翻译实践方面经验丰富。值得一提的是，丛书内容的一个特色增加了翻译的难度——文学作品中的苏格兰方言。为确保翻译的准确性，译者们在翻译过程中或向专家求教或细读字典辨析语义，于仔细推敲中运思译文，并补充了大量知识性注释，相信译者的努力会使得这套导读更加具有研究性与可读性。

为译丛开启契机的学术研讨会因为突发的新冠疫情延期了,而译丛最终得以付梓,实属不易,需要特别感谢各方面的支持:感谢英国苏格兰文学研究会免费提供五册导读的版权,感谢南京师范大学外国语学院赞助出版经费,尤其感谢南京大学出版社董颖女士,她不仅从始至终参与译丛的策划,在联系融通合作各方促进译丛顺利付梓方面也付出了很多的辛劳。特别是在疫情爆发阶段,她和她的同仁也没有放松该译丛的编审工作。最后,也要感谢此时手捧此书的您,《苏格兰文学经典导读》的编译团队感谢您的阅读,也期待着您的指正。

吕洪灵

2020 年夏于南京

目　录

版本说明

本书参阅的罗伯特·路易斯·史蒂文森小说版本信息见文末书目

致　谢

本书由苏格兰文学研究会（The Association of Scottish Literary Studies）学校及继续教育委员会（Schools and Further Education Committee）审阅，本人特此致谢；并特别鸣谢学校及继续教育委员会负责人罗纳德·伦顿（Ronald Renton）的大力协助，以及苏格兰文学研究会主席艾伦·麦克吉利弗雷（Alan MacGillivray）对本书基本思想的悉心指导。此外，非常感谢利文斯顿圣玛格丽特学会（St Margaret's Academy, Livingston）朱莉·任佛瑞（Julie Renfrew）的热心帮助，她对本文初稿的评论使本人获益匪浅。

罗伯特·路易斯·史蒂文森：短暂的一生

罗伯特·路易斯·史蒂文森（Robert Louis Stevenson）1850 年生于英国苏格兰首府爱丁堡（Edinburg），1894 年在南太平洋上的萨摩亚（Samoa）去世。从 1850 年到 1894 年，从爱丁堡到萨摩亚，史蒂文森的一生坎坷崎岖、诸事纷扰。他英年早逝，或许令人惋惜，但他留给世人的数部小说，都跻身英语世界最优秀的文学作品之列。史蒂文森的成就主要表现在两个方面：1）他的描述极其生动传神，例如，他对事件的描写总是激动人心，动态十足而又充满张力，因此好评如潮；2）他笔下的人物好坏难辨，是人类真实生活的再现。公众对后者的认知似乎有一种怠惰，故而直到 20 世纪他仍日益被接受为"浪漫小说作家""冒险故事家”甚或“儿童作家”。这种错误定位主要是因为,史蒂文森的作品很受影视界青睐,改编频率之高,在英国小说中,只有简·奥斯丁(Jane Austen)[1]和查尔斯·狄更斯(Charles Dickens)[2]的作品可以匹敌。虽然影视改编版本并非皆劣质,不可否认的是,根据史蒂文森的作品改编成的影视剧通常不够精良,在制作品质上显然不及根据奥斯丁,尤其是狄更斯的作品改

---

① 简·奥斯丁(Jane Austen,1775—1817):英国著名小说家,作品常以十八世纪末英国乡绅家庭女性成员的恋爱婚姻为主线,语言幽默讽刺,兼具十八世纪感性小说及十九世纪现实主义小说的特点,代表作有《理智与情感》(*Sense and Sensibility*,1811)、《傲慢与偏见》(*Pride and Prejudice*,1813)、《曼斯菲尔德庄园》(*Mansfield Park*,1814)、《爱玛》(*Emma*,1815)、《诺桑觉寺》(*Northanger Abbey*,1817)及《劝导》(*Persuasion*,1818)等。

② 查尔斯·狄更斯(Charles Dickens,1812—1870):英国著名作家、社会评论家,维多利亚时期最伟大的作家,塑造多个经典人物形象,代表作有《雾都孤儿》(*Oliver Twist*,1837—1839)、《大卫·科波菲尔》(*David Copperfield*,1849—1850)、《艰难时世》(*Hard Times*,1854)、《双城记》(*A Tale of Two Cities*,1859)、《远大前程》(*Great Expectations*,1860—1861)等。

编的影视剧(注释 1)。《金银岛》(*Treasure Island*, 1881)和《化身博士》(*The Strange Case of Dr Jekyll and Mr Hyde*,1886)从头到尾不是喜气喧天,就是恐怖阴森,充斥着好莱坞式的噱头。

史蒂文森的作品的确很受年轻读者的喜爱,但是他更适合被称为"成年人"作家。看看他笔下的童年经历吧,黑暗晦涩,显然不是写给年轻读者看的。例如,《诱拐》(*Kidnapped*,1886)刻画的那个少年,大卫·鲍尔佛(David Balfour),不断被他叔叔算计,一会儿险些丢了性命,一会儿又差点被卖为奴隶,凶险不断。还有船上那个叫兰瑟姆(Ransome)的侍者,不到 13 岁的小酒鬼,常常被同样酗酒的尚先生(Mr Shuan),也就是船上的大副,打个半死。对不知内情的读者来说,后面这个场景或许更有可能出现在欧文·威尔士(Irvine Welsh)①的故事里,根本不像罗

---

① 欧文·威尔士(Irvine Welsh,1958—):苏格兰小说家、剧作家、导演,代表作为小说《猜火车》(*Trainspotting*,1993),描绘了苏格兰下层人民的真实生活,1996 年改编成电影。

伯特·路易斯·史蒂文森的风格。总体来说,《诱拐》切实显露出典型的史蒂文森式感知:放眼成人世界,充斥着残酷无情和按捺不住的自私自利。在史蒂文森的故事里,“社会”,以及社会的子集——家庭,自始至终既不是人们认为的那么“可敬”,也不像它自己标榜的那样值得信赖。

为寻求佐证,人们对史蒂文森的生平诸多猜想,力图从中找到这些故事的蛛丝马迹。罗伯特自小体弱多病,早期教育依赖私人教师,他本人其实很喜欢这种生活,虽然不得不忍受孤独。史蒂文森家族以“工程师之家”闻名,罗伯特 17 岁时也进入爱丁堡大学攻读土木工程学,但四年之后却决定弃土木工程而事法律。1875 年他拿到律师执照,但其后并未真正执此业。然而,自 23 岁开始,史蒂文森的生活不再顺遂。他是不可知论①者,而他父亲却是虔诚的长

① 不可知论(Agnosticism)是一种哲学观点,认为鬼神、天主、来世等是否存在是人类不可知的,或者不为人知。

老教会(Presbyterian Church)[①]教徒,父子之间常因信仰不同爆发激烈的争吵。史蒂文森自幼身体羸弱,又向往“另类”的生活方式,这两点促使他先周游欧洲各国,后离开欧洲大陆,远赴重洋。他前半生联系最密切的朋友是他的堂兄鲍勃,罗伯特·阿兰·莫布雷·史蒂文森(Robert Alan Mowbray Stevenson)[②]。后者也是个不循家族传统的人,朋友都是作家或者艺术家。史蒂文森曾在1875年去往法国北部城镇枫丹白露(Fontainebleau)拜访他这位堂兄,自此之后,越发钟

---

① 长老教会(Presbyterian Church):基督教新教的一个流派,源自十六世纪的西欧改革。教派的名字来自希腊文“πρεσβυτερος”(Presbyteros),“长老”之意。此教会持守约翰·加尔文(John Calvin,1509—1564)及其学生约翰·诺克斯(John Knox,1514—1572)的教义,总称加尔文主义(Calvinism),信奉“预选说”和“独作说”,即获得救赎的人由上帝预选,其他人不能透过正义的行为获得救赎,否认神人合作。

② 罗伯特·阿兰·莫布雷·史蒂文森(Robert Alan Mowbray Stevenson,1847—1900):苏格兰艺术评论家,作品有《雕刻艺术》(*Engraving*,1886,译作)、《维拉斯凯兹的艺术成就》(*The Art of Velasquez*,1895)等。

爱法国，钟爱异域旅行和另类生活方式。正因如此，他第一部长篇散文体游记《内陆航行》（*An Inland Voyage*，1878）得以问世，记录了他 1876 年乘独木舟游览法国北部的一段经历。19 世纪的爱丁堡崇尚礼仪，加尔文主义盛行，史蒂文森却不拘世俗，家人对史蒂文森的大多数前卫举动也视而不见，诸多纵容（例如，一个不起眼的细节：他们放任史蒂文森将自己的中名由“Lewis”改为法式拼法“Louis”）。让他的家人忧心不已的是他的婚姻。史蒂文森 1873 年遇见了一个美国女人范妮·奥斯本（Fanny Van de Grift Osbourne）[①]，这个女人年纪比史蒂文森大，还离过婚，史蒂文森却和她越走越近，并在 1880 年与她结了婚。家人坚决不同意，但像以往一样，从未疏远他，也未切断资助。在家人看来，史蒂文森总是与他们意见相左，

---

① 范妮·奥斯本（Fanny Van de Grift Osbourne，1840—1914）：美国杂志作家，1857 年与美国中尉萨米尔·奥斯本（Samuel Osbourne）结婚，1875 年离婚，与三名子女移居欧洲学习艺术，1880 年与史蒂文森结婚，一直支持鼓励史蒂文森的文学创作。

频频行差踏错,但家人对这个叛逆子孙却一直宠爱有加。

《爱丁堡笔记》(*Edinburgh*: *Picturesque Notes*, 1879)与《内陆航行》出版时间相近,字里行间都透露出,史蒂文森热爱这座城市,也看得出,爱丁堡的地理环境、人文历史正是作者丰富想象力的源泉。在史蒂文森的写作中处处可见他对故乡苏格兰的这种情感,故此,《诱拐》在英国南方海滨城市伯恩茅斯(Bournemouth)写成,续集《卡特丽娜》(*Catriona*, 1892)在南太平洋完稿,却以1745年詹姆斯党(Jacobitism)人第二次叛乱①之后的苏格兰文化动荡为背景。从这两部小说中都可以看到,昔日苏格兰看似浪漫的面纱下,其实隐藏着险恶的社会现实。除《诱拐》之外,史蒂文

---

① 詹姆斯党(Jacobitism):由英国斯图亚特王朝的拥护者组成,支持詹姆斯二世及其后代夺回英国王位的一个政治、军事团体。1688年英国发生"光荣革命",詹姆斯二世被推翻,詹姆斯党在1688—1746年间曾数次试图夺位,如1689年跟随詹姆斯二世在爱尔兰发动叛乱;1745年跟随詹姆斯二世之子查尔斯在苏格兰发动叛乱,曾占领爱丁堡,但最终均失败。

森的代表作还有《金银岛》和《化身博士》。前者使史蒂文森成为闻名的儿童文学作家，但是这篇小说真正的艺术成就在于，透过小男孩吉姆·霍金斯（Jim Hawkins）的视角，一系列事件被作者描述得出神入化，有时甚至让读者心惊肉跳。《化身博士》则直击成年人的内心，吐露成年世界的真声。史蒂文森的所有作品均体现出，这是一位杰出的心灵写手，是文化风俗的质询者。这两点在他之后的作品中都显而易见，无论是第二故乡萨摩亚还是他的故里爱丁堡，史蒂文森都如此行事。1889 年末，史蒂文森定居萨摩亚，1894 年出版小说《落潮》（*The Ebb-Tide*），让读者看到白人势力在南太平洋地区日渐式微，还有他南太平洋故事系列中另一部稍长的短篇小说《费利沙海滩》（*The Beach of Falesa*，1891），故事中的太平洋岛民与白人交往时强压怒火。他通过这些作品不断为萨摩亚发声，弃大英帝国在南太平洋地区的利益于不顾，甚至曾因此担心会被驱逐出境。史蒂文森在《诱拐》中就已经开始映射苏格兰社会和文化的种种含混未明，到了《巴伦特雷的少爷》（*The Master*

of Ballantrae,1889①)以及《赫米斯顿的韦尔》(*Weir of Hermiston*)则刻画得更加晦暗。后者是史蒂文森1892年开始创作的,直至1894年因脑溢血去世仍未完稿。透过这两部小说,还有他南太平洋故事系列中的那些经典著作,史蒂文森淋漓尽致地揭露人性的丑恶、人类的悲哀,审视既定的道德规范,这必定促使读者惶然反思,褪去对人类文明的怏然自得。

注释:

1. 根据史蒂文森作品改编的影视剧名录见约翰·哈蒙德(John R. Hammond)著《罗伯特·路易斯·史蒂文森导读》(*A Robert Louis Stevenson Companion*,伦敦,1984),第237—239页。

---

① 《巴伦特雷的少爷》:1888—1889年间连载于美国《斯克里布纳杂志》(*Scribner's Magazine*),1889年出版成书。

《化身博士》

故事发生在维多利亚时期的伦敦。德高望重的杰基尔博士(Dr Jekyll)发明了一种药物,他服用之后,本性中的善与恶分裂开来,邪恶面化身为恶毒凶残的海德先生(Mr Hyde)。杰基尔发现自己越来越频繁地受海德控制,越来越邪恶,最终选择自杀。部分内容是几位关键人物的证言,使得本作品叙事视角独特,尤显与众不同。

双重人格(The Double)心理与文化

《化身博士》(1886)甫一出版,一位评论家就指出,这部作品貌似一个“粗陋的小故事”,实际却“技艺精湛纯熟”(注释1)。自问世,《化身博士》一会儿被看作是哗众取宠之作,一会儿又被称为探讨人类境况的精巧故事,思想深刻。此书出版不到一个月,伦敦幽默漫画杂志《笨拙》(*Punch*)上就刊登了一篇夸张讽刺的仿作;而杰拉尔德·曼利·霍普金斯(Gerard Manley Hopkins)①则对这个故事赞赏有加,感慨道:“据我看来,这一辈英国小说家所表现出来的才气与天赋或许不逊于伊丽莎白时期的戏剧家”(注释2)。显而易见,在关注大众文化意识和心理利益的现代、后弗洛伊德时代,史蒂文森的小说一直反响深远而热烈。《化身博士》是一部卓越的先见性著作,在臭名昭著的伦敦东区“开膛手杰克”案出现之前两年就已出版。《化身博士》中的人物社会身份显赫,内心却

---

① 杰拉尔德·曼利·霍普金斯(Gerard Manley Hopkins, 1844—1889):著名英国诗人、耶稣会牧师,其诗歌善用跳韵(sprung rhythm)及意象,代表作为《茶隼》(*The Windhover*, 1877)及一组宗教诗和内省诗,后者由六首诗组成,因情感哀伤而获“黑色十四行诗”(Dark Sonnets)或“阴郁十四行诗”(Sonnets of Desolation)之称,创作于1884—1885年间。

孕育着可怕的反社会倾向，正是这个思路为破解两年后这宗真实的命案提供了线索，获得了确定凶手身份的蛛丝马迹。当时西格蒙德·弗洛伊德(Sigmund Freud)①的作品还鲜为人知，史蒂文森似乎意在引导人们关注这位精神分析学家的思想，发展心理分析，心理分析的关键概念就是“超我”（即由社会环境设定的自我形象及自我克制）和“本我”（即原始而易变的本能）。“分裂人格”这一主题使《化身博士》家喻户晓，二十世纪涌现出许许多多以此为原型的幽默短剧、恐怖电影或重释性文学作品，其作品中的人物正邪一体，成为标志性形象，代表这个被认定为文化、社会和精神分离的时期，或者说，成为代表这个时期“普通人”的新形象。仅以两部文学作品为例：杰基

① 西格蒙德·弗洛伊德（Sigmund Freud，1856—1939）：奥地利心理学家、精神分析学家、哲学家，著有《梦的解析》（*The Interpretation of Dreams*，1899）、《图腾与禁忌》（*Totem and Taboo*，1913）、《精神分析引论》（*An Outline of Psycho-Analysis*，1940）等，被称为“精神分析之父”。

尔和海德的形象在邓肯·马克林(Duncan McLean)[①]的《矿工》(*Bunker Man*,1995)中重现,以此阐释被强势镇压的苏格兰工人暴动;在爱玛·田纳特(Emma Tennant)[②]的《两个伦敦女人:杰基尔女士和海德夫人》(*Two Women of London: Ms Jekyll and Mrs Hyde*,1989)中重现,只是故事里的人物变成了女性。

当然,双重人格的创作思路并非史蒂文森首创。此前曾出现不少这类作品,如莎士比亚(William Shakespeare)[③]的喜剧《错中错》(*The Comedy of*

---

① 邓肯·马克林(Duncan McLean,1964—):苏格兰小说家、剧作家、短篇小说家、编辑,已出版10余部作品,1998年获"苏格兰艺术委员会图书奖"(Scottish Arts Council Book Award)。

② 爱玛·田纳特(Emma Tennant,1937—2017):英国小说家、编辑,常以女性视角或后现代主义的魔幻手法改编文学经典,出版20余部作品。

③ 威廉·莎士比亚(William Shakespeare,1564—1616):英国诗人、剧作家、演员,被公认为英国文学史上最杰出的戏剧家,世界文学史上最伟大的文学家之一。作品包括38部戏剧、154首十四行诗、2首长叙事诗等。

Errors，1592 年或 1594 年首演）、克里斯托弗·马洛（Christopher Marlowe）[①]的剧作《浮士德博士的悲剧》（*Doctor Faustus*，1604）等。但与史蒂文森的创作思路直接相关的，是 19 世纪浪漫主义文学中描写双胞陌生人（doppelgängers）[②]的作品。例如，玛丽·雪莱（Mary Shelley）[③]的《科学怪人》（*Frankenstein*，1818）、埃德加·爱伦·坡（Edgar Allen Poe）[④]的那些灵异故事（甚至爱伦·坡自己也时常被认为过着污秽阴暗的生活）、纳撒尼尔·霍桑

---

① 克里斯托弗·马洛（Christopher Marlowe，1564—1593）：英国剧作家、诗人、翻译家，以无韵诗体剧作著名，剧中人物常性格夸张，对著名剧作家威廉·莎士比亚（William Shakespeare）深有影响，但不幸被人刺死，原因不明。

② 双胞陌生人（doppelgängers），又称"二重身"，指面貌极其相似的两个人。

③ 玛丽·雪莱（Mary Shelley，1797—1851）：英国小说家、短篇作家、剧作家，科幻小说之母，英国著名浪漫主义诗人珀西·雪莱（Percy Shelly）之妻。

④ 埃德加·爱伦·坡（Edgar Allen Poe，1809—1849）：美国作家、诗人、编辑、文学评论家，美国浪漫主义运动的先驱、短篇小说先锋，以悬疑及惊悚小说著名。

(Nathaniel Hawthorne)[①]的《红字》(*The Scarlet Letter*,1850),这些作品都是例证,故事里的人物都试图释放隐秘的自我,跨出或者逃离社会规范这个牢笼。

苏格兰文学中,隐秘人格蠢蠢欲动这一创作思路最具代表性的作品是罗伯特·彭斯(Robert Burns)[②]的讽刺诗《威利长老的祈祷》("Holy Willie's Prayer",1785 年完稿,但直到十九世纪九十年代才收入彭斯作品全集),还有詹姆斯·霍格(James Hogg)[③]的小说《罪人忏悔录》(*Private Memoirs and Confessions of a*

---

① 纳撒尼尔·霍桑(Nathaniel Hawthorne,1804—1864):美国小说家、短篇作家,作品常以道德隐喻抨击主张极端禁欲的清教主义(Puritanism),《红字》是其代表作。

② 罗伯特·彭斯(Robert Burns,1759—1796):苏格兰诗人,以苏格兰语、英语写作,浪漫主义文学的先驱,因其对收集整理苏格兰民歌的贡献而被称为苏格兰的民族诗人,代表作有苏格兰语民谣《往昔的时光》("Auld Lang Syne",1788)、《一朵红红的玫瑰》("A Red, Red Rose",1794)等。

③ 詹姆斯·霍格(James Hogg,1770—1835):苏格兰诗人、小说家、散文家,以苏格兰语、英语写作,出版作品 20 余部,《罪人忏悔录》(*Private Memoirs and Confessions of a Justified Sinner*,1824)是其代表作。

Justified Sinner，1824）。这种苏格兰式叙述源于十七世纪末十八世纪初托利党人（Tories）①的贵族心态，高高在上地讥讽清教徒式的辉格党（Whigs）②文化或加尔文主义的苏格兰文化，称其本质是狂热和禁欲。支持詹姆斯党的苏格兰诗人，如艾伦·拉姆齐（Allan Ramsay）③的诗《哀约翰·考珀，教堂出纳的仆人》（"Elegy on John Cowper，Kirk-Treasurer's Man"）批判了加尔文主义性格，认为这种性格的人外表沉默寡言，内里却恶毒阴暗；其后，有长老教会背景的彭斯，将威利长老内心的狂暴刻画得入木三分。接着，另一位长老教会教徒，詹姆斯·霍格，甚至塑造出精神崩溃式的人物形象，在浪漫主义时期以创作高超的

① 托利党（Tories）：十七世纪至十九世纪英国政党，政见保守，拥护君主制，提倡严格的社会秩序。

② 辉格党（Whigs），十七世纪至十九世纪英国政党，拥护君主立宪制，后发展为英国自由党（Liberal Party）。

③ 艾伦·拉姆齐（Allan Ramsay，1684—1758）：苏格兰诗人、剧作家、编辑，代表作为乡村喜剧《温柔的牧羊人》（*The Gentle Shepherd*，1725）。

心理小说闻名。彭斯笔下的威利(Willie)和霍格笔下的罗伯特·瑞吉姆(Robert Wringhim)阴森可怖,却都表明,浪漫主义时期也关注独特个性、异样性格。或许这两例在塑造引人共鸣的人物形象方面并非典范,但与拉姆齐等早期作家笔下的那些单一的加尔文主义式人物相比,更严肃、更引人注目。霍格更是如此,深入挖掘了本土文学传统中双胞陌生人的主题。在西方文化中,双面人魔、变形鬼怪这些创作倾向若追根溯源,最早可以追溯到《马可福音》(*Gospel of Mark*),基督将污灵赶离猪群的情节。基督问它是谁,污灵答道:"我叫群,因为我们众多"①,意指它多重身份。

人性的双重性也是基督教神学的一个重要理念。有趣的是,与史蒂文森同时代的神职人士也接受《化身博士》这个故事。例如,一位神学作家表示,史蒂文森的小说是"一个以人类的双面本性为出发点的寓言

① 引自香港环球圣经公会1976年出版的《马可福音》第5章第9页。

故事，双面人性这一点使徒保罗(Apostle Paul)在《罗马书》(*Romans*)第七章就教导过我们：'我觉得有个律，就是我意为善的时候，便有恶与我同在'"[①](注释3)。可以说，这种既定的本性是在维多利亚时期幽闭恐惧的气氛中浮出水面，走到文化前沿的。奥斯卡·王尔德(Oscar Wilde)[②]的作品和生活就是鲜活的例子。王尔德的众多作品中有一个故事，《道林·格雷的画像》(*Picture of Dorian Gray*，1891)，就以分裂的自我为主题，一度被认为是作者被迫放弃断袖之癖、心情压抑时的产物，《化身博士》也同样曾被认为蕴含性这条暗线。维多利亚时期，整个社会看似墨守成规，观念却极速变化，正处在进入现代社会的转折点，

---

① 引自香港圣公会1988年出版的《罗马书(现代标点和合本)》第七章第21页。

② 奥斯卡·王尔德(Oscar Wilde，1854—1900)：著名爱尔兰诗人、剧作家，倡导唯美主义艺术，19世纪90年代早期伦敦最受欢迎的剧作家之一，代表作有小说《道林·格雷的画像》、剧作《不可儿戏》(*The Importance of Being Earnest*，1895)等。

人们对理性的探求、对宗教的猜疑、对科学的兴趣都体现在《化身博士》里。或许并非有意嘲弄，约翰·阿丁顿·西蒙兹(John Addington Symonds)[①]就曾说史蒂文森自己就是一个杰基尔海德式人物。西蒙兹曾写信给史蒂文森，向这个故事致意，即便是在这封信里，他仍质疑"人是否有资格探查'人格无终极的深度'(the abysmal deeps of personality)"(注释 4)。《化身博士》探究了人们日常难以启齿的一个话题——人类行为中蕴含强烈的欲望，西蒙兹这句话直击要核，更突显出这部作品的现代性。

整个二十世纪，压抑导致人格紊乱这个主题在苏格兰作品中非常重要，在此仅以几部著名作品为例，如詹姆斯·布莱迪(James Bridie)[②]《解剖学者》(*The*

---

① 约翰·阿丁顿·西蒙兹(John Addington Symonds, 1840—1893)：英国诗人、文学评论家、文化历史学家，以文艺复兴文学评论、作家或艺术家传记闻名。

② 詹姆斯·布莱迪(James Bridie, 1888—1951)：奥斯本·亨利·梅弗的笔名，苏格兰剧作家、编剧、医生，人民剧院(格拉斯哥电影院的前身，建于 1929 年)创始人之一。

Anatomist，1930）描写的罗伯特·诺克斯（Robert Knox）、罗宾·詹金斯（Robin Jenkins）[①]《摘果人》（*The Cone Gatherers*，1955）刻画的杜罗尔（Duror）还有穆丽尔·斯帕克（Muriel Spark）[②]《简·布罗迪小姐的青春》（*The Prime of Miss Jean Brodie*，1961）的女主人公。这些作品中都可以找到类似的人物，他们藉探求知识或者追寻"真理"之名行恶，认为自己能够凌驾于通行的道德规范之上。这条清晰的主线贯穿很多苏格兰文学作品，解读此类作品常借鉴《化身博士》。

人物塑造：社会角色

表面上看，《化身博士》里的人物刻意塑造得非常粗糙，以衬托隐藏的人格这一主题。中心人物及各配

---

① 罗宾·詹金斯（Robin Jenkins，1912—2005）：苏格兰作家，出版 30 余部小说、2 部短篇小说集，《摘果人》是其代表作。

② 穆丽尔·斯帕克（Muriel Spark，1918—2006）：苏格兰小说家、短篇作家、诗人、散文家，2008 年《泰晤士报》（*The Times*）评选的"1954 年以来最伟大的 50 位作家"中位列第八名，《简·布罗迪小姐的青春》（又译《春风不化雨》）是其代表作。

角的形象都大体勾画，描绘了他们的社会角色，或者说，披着他们自己精心维护的伪装。主人公们专业扎实，而且自信阳刚、互相扶持。有趣的是，曾有人听到海德“像一个女人，一个迷失的灵魂一样啜泣”（第44页）。女性受压制、男权至上的观念隐隐贯穿全文。故事描画的几位男性友人总是共享秘密、互为依靠，例如，律师厄特森先生（Mr Utterson）迟迟不肯相信，海德其实就是自己的多年好友杰基尔。医学博士兰尼恩（Dr Lanyon）、海德的管家伯尔（Poole）、议员丹弗斯·卡鲁爵士（Sir Danvers Carew）还有律师厄特森都是父权体系的代表，他们的安稳生活皆因海德叛逆变身而被颠覆。小说暗指海德的双重人格只是冰山一角，是这一现象的代表。以伦敦为例，整个社会循规蹈矩、压抑人性，再加上大都市生活的种种诱惑，两厢胁迫之下，人性的黑暗面便难以按捺，当然，这一点《化身博士》并未明确涉及。十九世纪八十年代的英国首都是什么状况众所周知，自十九世纪中叶开始，查尔斯·狄更斯以小说描画伦敦真貌，悲惨与腐败交织，读者无不动容。史蒂文森笔下的伦敦看上去雾气浓重,幽闭晦暗,但是其社会阴暗面只含混带过。例如,厄特森的“远亲”(第 6 页),理查德·恩菲尔德(Richard Enfield),表面上是一位“城中名流”(第 6 页),实际上却神秘的多。像海德一样,恩菲尔德这个人物的个性和行为也未细细描绘。他讲述初见海德的情景时,自己也是“在一个冬天,凌晨三点左右,天还很黑的时候,从某个离家很远的地方回来”(第 7 页)。那天晚上恩菲尔德做了什么我们无从得知,但是他含糊其词,不肯明说自己去过哪里,这一点或许就暗示我们,他很有可能花天酒地去了,而这种行为他自己都不想说,或者,根本就不记得自己做过的事了。或许,恩菲尔德也是个“杰基尔海德”式的人物。

科学家杰基尔

亨利·杰基尔(Henry Jekyll)代表我们熟悉的那类科学家,他们不断拓展人类经验的疆域,和玛丽·雪莱塑造的弗兰肯斯坦博士、马洛塑造的浮士德博士异曲同工。杰基尔博士对于从科学层面探究人的特性和品格非常感兴趣,他亲身试验之后确信,人是由

"各自独立而又相互矛盾的多种品行"(第56页)构成的一个整体。他因此得出结论,否定人的特性是和谐一体、一成不变的,隐晦地质疑人类秩序这一观点,质疑依赖人类秩序建立公民社会。他尤其相信,人性自私,且充斥或善或恶的社会欲望。从神学角度讲,杰基尔身上或许承载着历史上属于异端的摩尼教(Manichaeism)①教义,善与恶在精神上达到平衡即可以融为一体。他认为自己就是这样"善恶兼容"(第56页),本性亦正亦邪,期望将这两种品性分离开,互不相扰。如此,两者在不同时间自由释放,人类欲望之争得以调解,或许这就是杰基尔的初衷,很是诱人,然而,无论是从社会层面还是从道德层面看,这种解决方案都过于简单化。故事的结局就是证明:邪恶欲望的化身

---

① 摩尼教(Manichaeism):公元三世纪中叶由波斯先知摩尼(Prophet Mani)创立,将宇宙看作是善的、代表精神的光明世界与恶的、代表物质的黑暗世界之间的斗争,并否定物质世界,期望以虔诚的信仰和严格的戒律获得灵知,回归光明世界。摩尼教曾于三到七世纪迅速传播,最终于14世纪逐渐消亡。

海德越来越强大残暴，而同时，“善良”的杰基尔却越来越虚弱。面对人类的模糊本性，杰基尔意图将邪恶与良善完美分割，却不意加重了两者之间的冲突。

杰基尔谈及他发明的化学制剂时说的话，暗含对人类肢体的轻视，他称这种药物可以让他“脱下或者穿上躯体的外衣，就像微风摆弄窗帘一样，简单快捷”(第56页)。谈论物质肉体时，杰基尔刻意用词轻率，称之为“无形的帐幕”(第57页)。从这一点看，杰基尔似乎是一个冷静客观的无神论科学家。基督教教义(或者其他所有主流宗教的教义)认为，神圣的造物主将肉体与更神秘的精神(或者灵魂)结合一体，我们要尊敬肉体和精神，而杰基尔却蓄意否定这一点。有些读者或许会以正统思维解读杰基尔的死亡，认为这是对亵渎神灵、狂傲自大的惩罚。基督教或者其他宗教的教义认为，人类生活具有不稳定性，而杰基尔是追求完美主义的科学家，不接受不符合规范的事物或行为，不接受这种不稳定性。

故事一开始，律师厄特森就担心他朋友杰基尔与海德有关联，他模棱两可地提到过杰基尔过去生活中的种种不轨行为。

> 他想:“可怜的哈里·杰基尔(Harry Jekyll)[①]!恐怕他遇到麻烦了!他年轻时生活放纵,当然是很久以前的事了,但是现在看来,上帝之法来制裁他了。唉!肯定是的,过去的恶造就今天的果,多年前的罪行最终无法隐藏:惩罚降临了,惩罚踯躅尾随,尽管罪行已经非常久远,远到也许罪人自己都已忘记或者自私地宽恕了自己。”(第17页)

厄特森以为,杰基尔可能很久之前犯了错而未得到惩罚,如今正因此遭受折磨。事实却是,直到最近这段时间杰基尔一直在压抑自己的旧品性,而不是改正它。杰基尔年轻时“生活放纵”,正是这不羁的品性化身变成了海德。萦绕在杰基尔心头的并不是善念,而是受压制的邪恶欲望。厄特森对这种情形的理解完

① 哈里·杰基尔(Harry Jekyll)指亨利·杰基尔(Henry Jekyll),Harry是Henry的昵称。

全与事实相反。他是位可敬的律师,同时也思忖上帝的工作方式,透过这个表象,我们或许可以看出,他其实是个自鸣得意的人。他根本不关心朋友是否应该有“隐藏的罪行”,甚至私下思索之时都很谨慎,或者婉转,因此他并没有细讲杰基尔以前的“放荡不羁”具体是什么。因此,我们可以这样解读杰基尔的心神不宁:只要他的放纵行为不暴露,社会地位不会成为他的羁绊,与他同一阶层的伙伴也没人会干涉他。那么,杰基尔做的最荒诞的事就是,以自己为实验对象,创造了一个人,这个人的存在应该受到质疑,却从没有人质疑过。杰基尔认为,只要他享受这些“乐子”的时候小心谨慎,不被发现,就可以继续做个令人尊敬的专业人士:

> 我最不该犯的错误就是乐于享受,这种性格会让很多人活得幸福快乐,但我呢,还想在人前保持庄重的形象,受到尊重,这两者背道而驰。于是,我只好私下偷偷找乐子,但是思考多年之后,我开始认真观察,权衡自己的前途地位,发现

> 自己已经深陷其中，无法从这种表里不一的生活中抽身了。（第 55 页）

即便是在杰基尔留下的“自白书”里，这位科学家也避而不细谈自己的那些“乐子”究竟是什么。为了维护男性专业人士这个群体的社会形象，群体成员自始至终对此三缄其口。

厄特森，可靠的朋友

律师厄特森最初关心的，是老友杰基尔能否像以前那样镇静沉着：“厄特森说：‘杰基尔，你了解我，我是个可靠的朋友。跟我讲明白这件事吧，我肯定会帮你解决难题。’”（第 20 页）厄特森说他自己是个“可靠的朋友”，意思是他是可以保守秘密的人，所以，从读者角度看，他执迷不悟包庇罪恶，是串联整个故事的线索之一。根据厄特森自己的观点，他是一个乐于帮助朋友的人，即便看重道德，也在杰基尔的麻烦初现端倪的时候就主动帮忙。当然，所有的事都需谨慎小心，以免爆出丑闻。例如，在卡鲁爵士凶杀案中，杰基尔给厄特森看了一封信,这封信署着海德的名字,隐晦供认自己是凶手,而厄特森没有把这封信交给警察,他的行为其实等同于隐瞒证据。藏匿这个证据不是替老友的分身掩盖罪行,而是为了维护杰基尔的名声,虽然厄特森认为这封信可能是杰基尔为帮助凶残的海德伪造的。因此,为了他们那个社会维持表面上的光鲜可敬,厄特森成了杰基尔的同谋。当然,“海德”(Hyde)这个名字带有浓厚的讽刺意味,意指隐藏(hide,与捉迷藏游戏“hide and seek”何其相似),厄特森也参与其中,时时处处隐藏真相。这位律师的名字大概源于“utter barrister”(外席律师),是一种称谓,指那些不是御用大律师的法律人士。史蒂文森为什么以人物的职业或者公开的头衔取名呢?答案是,为了再次扣题,呼应故事的主旨,故事里的那个社会,表象重过实质,每个人物都非常珍惜这个光鲜的外表,不管私底下有什么见不得人的勾当,这个社会都不想承认。每个人物的名字都经过精挑细选,还有一例证明这一点,就是那位“城中名流”恩菲尔德(Enfield),这个名字也有讽刺意味,因为恩菲尔德原指伦敦的一

个郊区。像我们已经讨论过的，他同样极力维护自己的形象，看似坦诚直率，实则隐匿了自己见不得光的行径。厄特森(Utterson)的名字也是反讽，词的本义是“说出、表达”，而他很早就获知了杰基尔的某些秘密，却一直没说出事实(说事实、探真相可是法律人士的一大利器)——他甚至刻意忽视事实，即使这个事实越来越清晰。

厄特森：被礼教束缚的人

厄特森本身就是一个双面人物。他总是一副不苟言笑、高冷缄默的样子，但与老友聚会品酒时，“双眼也会熠熠发光，流露出人情味，这种人情味在他的言谈中却从未显露半分”(第 5 页)。厄特森就算喜欢葡萄酒，独饮时也只喝杜松子酒，“爱好戏剧，却 20 年来从未踏足过剧院”(第 5 页)，此处暗喻人性受礼教压制，困于厄特森的内心深处。他尽力不去评价他人他事，漠不关心职业生涯中遇到的邪恶与不平。作者写道，厄特森是这样描述自己的——“他对自己的评价别具一格：‘该隐的邪说害人不浅啊，我竟然看着自己的兄弟走错路却未加阻止'”(第5页)。后面这句话的意思是，他不会干涉他人。该隐(Cain)是圣经故事中的人物，亚当(Adam)之子，与亚伯(Abel)是兄弟，上帝青睐弟弟亚伯的供物，该隐出于嫉妒杀死了亚伯并将其财产据为己有。这段情节自然可以作为《化身博士》这个故事的出处，恶“兄弟”海德“毁灭”了受到社会认可的善良“兄弟”杰基尔。厄特森不会进行道德干预，无论别人是谎话连篇还是恶行恶状，他都放任不管。维多利亚时期的卫道士通常较为严厉，厄特森并不是这种严厉的大家长，总是忧心忡忡时刻提防，他与此不同，他容忍世俗世界某个个体违反道德规范。因此，厄特森非常“克制”，心情欢愉的时候克制自己不表现出来，人性的邪恶扑面而来的时候也不谴责。随着故事的发展，厄特森越来越不敢面对杰基尔或者海德的堕落与邪恶。像兰尼恩一样，他自足自满的心态出现了波动，被迫对杰基尔的衰败采取更多的行动。开始，他认定海德杀死了杰基尔，所以杰基尔才不见踪影。但是，他阻止仆人进入杰基尔上了锁的房间，恳求杰基尔的管家伯尔不要声张，此时，厄特森越发肯定,他的老友与那个恶棍有特殊关系,他更想保住秘密,而不去想怎么对付这个恶棍。这位律师的名字颇具讽刺意味,这种取名方式是承自十八世纪文学的老传统。面对越来越多的证据,厄特森确实在极力地避免消息泄露,不想让人知道那些坏事是杰基尔做的,面对公众时更是小心防范。

绝望的兰尼恩博士

卡鲁死了,杰基尔本人最后也死了,此外,这部小说还细致描绘了兰尼恩博士重病,不治而亡。杰基尔行为诡秘,兰尼恩非常疑惑,因此,这位科学家就告知兰尼恩博士,会派人去见他,这个人会让他明白一切。见面时,他问海德:“您从杰基尔博士那儿来?”(第51页),一语似乎双关,一脉承袭了整部小说的讽刺风格。兰尼恩这样描述他与海德这次碰面:

> 我之前说过,他身材矮小。一见面,我就被他的外貌惊呆了。他那副可恶的表情让人印象深刻,而且很诡异,他看上去身体虚弱,肌肉活动却很灵活。

> 还有一点,他在近旁,我总觉得心神不宁,就像是生病一样,肢体僵硬、心跳减弱。我认为这都是因为我反感厌恶此人,只是讶异这些反应竟然如此强烈。事后,我相信,这是出自人类本性,比憎恶这种情感更高尚的一种表现。(第 51 页)

这一段在故事中非常重要。这位医生的新陈代谢减缓,也变身了,尽管转变程度远不及杰基尔。就像是直面他人的毁灭,他立刻充满同情(以中立的立场),品头论足,凭直觉判断这是人性丑恶所致。兰尼恩为什么此后莫名病倒,甚至去世了呢?他科学精准地描述了自己与海德的会面,或许可以从中得到一点线索。他的描述隐晦地暗示我们:维多利亚时期,尤其是查尔斯·达尔文(Charles Robert Darwin)[①]具有划

---

① 查尔斯·达尔文(Charles Robert Darwin,1809—1882):著名英国生物学家、地理学家,主要研究成果是以"自然选择"及"共同起源"为基本思想的"进化论",出版《小猎犬号航海记》(*The Voyage of the Beagle*,1839)、《物种起源》(*On the Origin of Species*,1859)等科学著作。

时代意义的进化论(Theory of Evolution)提出后,似乎有一种恐惧逐步蔓延。到十九世纪末,西方文化中出现一股思潮,害怕科学会逐步证明人类像动物一样,只是物质世界的一部分,是自然界的一种化学实体,而非被上帝选中的优等生物,承载着追求美德的使命。杰基尔对自身的邪恶面进行科学探索,却堕落或退化为海德,这严重危及维多利亚时期的那种乐观主义,使道德教化越来越成功这一想法分崩离析。兰尼恩也是科学界人士,得知人类本性中的恶比善更易提选之后,似乎堕入绝望,才一命归西。兰尼恩死了,最符合逻辑的解释是,在这个良善不再是人性之本的世界,他无法生存。至此,兰尼恩可以说是二十世纪文学作品中某类人物形象的先驱了:这些人物,在不敬奉神灵的世界里恐惧忧虑,痛苦不堪。但是,还有一个问题:面对真相,兰尼恩只能屈服吗?一方面,毕竟亲眼见识了人性的黑暗,他恐惧惊骇,值得同情;另一方面,维多利亚时期的基督教教义和社会观,否认恶总是如影随形,看不到恶时常变换成新模样(正如魔鬼撒旦,英文为 Satan,幻化成蛇)与人性抗衡,这种见解肤浅安逸，不得不说，兰尼恩完全是其代言人。

杰基尔与情有可原的罪人

杰基尔的命运让我们看到，科学地探索人性只会作茧自缚。梳理一下他的记事录，就可以看到，这位科学家的实验貌似精确，却出现了严重的不确定性：

> 要是我在写这份自白的时候变身成了海德，这个恶魔肯定会把它撕得粉碎；但是如果我能在变身之前写完，能有时间藏好这件东西，那个极度自私、眼光短浅、貌似猿人的恶魔，就无机可乘了。我们两个都注定毁灭，他已经被这个宿命击垮。半个小时后，我又会变身，会永远变成那个可恶的人，我知道，我可能会坐在椅子上哭泣，或者在这个房间里烦躁地来回踱步（这个房间是我在世间最后的避难所），同时，每一丝响动都让我心惊胆战。海德会被绞死吗？他是否有勇气在最后一刻自我解脱？上帝啊，谁知道呢?！我不管了，我自己可是真的死期将至了，干吗还去关

> 心那个人。现在，我写完了自白书，封好，然后亲手结束亨利·杰基尔不快乐的一生。（第 70 页）

我们此处看到的情形，和詹姆斯·霍格的《罪人忏悔录》里罗伯特·瑞吉姆临死前的行为相似，瑞吉姆躲在村舍里，以为有恶魔在追赶，惊惶不安地留心着外面的一声一响。像瑞吉姆一样，杰基尔也效仿古代基督徒写了自白书，将自己的罪孽坦承于人前。也是像瑞吉姆一样，杰基尔释放出自己本性中的恶，又在躲避着它。那么，《化身博士》是不是一个传统的道德教化故事呢？这个故事是不是要告诉读者：过度自负必会招致惩罚，人类以为能够掌控自己的命运却根本做不到？这种解读与霍格《罪人忏悔录》中抨击加尔文主义异曲同工（加尔文主义主张，上帝无条件拣选获得救赎者，不可拒绝、不可改变）。或许史蒂文森的作品的确采用了霍格的手法，蕴含一个更普适性的警示，提醒人们不要太过乐观，不要对一些现代科学实验和探索深信不疑。

叙述方式:对立冲突

《化身博士》中有大量的对立冲突,或许都是最根本性的对立冲突,如光明与黑暗、成人与孩童、男性与女性,因此反响热烈;叙述故事时又故作神秘、环环相扣,紧紧抓住读者心理,因此引人入胜。各个故事情节都只吐露部分信息,半遮半掩,吸引读者探究。与那个小女孩意外相撞后,海德为什么会踩踏而过,我们一无所知。唯一的线索是,海德极端自私,罔顾他人生死,丝毫没有成年人对孩童该有的热情和关怀。他的所作所为违背了既定的社会规范。另一个对立冲突出现在丹弗斯·卡鲁爵士(Sir Danvers Carew)被杀案中,一个少女从窗口看到了整个凶案过程。她自在安详,正坐在月光下浮想翩翩:

> 就在那时,她看到一位满头银发的绅士,正沿着小巷慢慢走过来……他讲话时,月光洒落在脸上,让她看清了老绅士的相貌。这位绅士看上去纯良和善,和蔼亲切……(第21页)

这位少女的讲述似乎坦率直接。这个小配角，一个头脑浪漫的年轻女子，她眼中的世界“纯良”“和善”；紧接着，海德出现了，她惊恐地看到，这个世界被海德无情地摧毁。海德用手杖打、用脚踢，杀死了卡鲁，此处呈现的，是单纯美好的善与毫无缘由的恶之间的对立冲突。但是，那位少女仅依据卡鲁的外貌就断定他品德高尚，我们必须警惕，这纯粹是以貌取人。她全凭猜测，而不是客观的观察，去判断街上发生的事情。她看到卡鲁想同海德说话，“好像只是问路”（第 21 页）。那么，立刻出现一个谜团：卡鲁想找什么呢？他要去哪里？有评论家认为，卡鲁可能是在找同性伴侣，询问海德是否有意，才导致海德勃然大怒。卡鲁“优雅的举止”（第 21 页）可能是这种提示，但是，就像那位少女想象出一个故事一样，性阐释完全是以现代视角、现代思维方式进行的解读。然而，这个情节如果和性欲意味相关联也是有道理的，这样就可以展现另一个同样受压抑、被传统所不齿的社会角色。卡鲁要想找到一位同性伴侣，的确只能偷偷摸摸地夜间行事，去问一位陌生人。那么，这个故事模式就是：狂躁放纵的海德，毁掉了和他自己相似的另一种受压制的社会角色,受压制的行为出现恶性循环。社会在压制某种欲望,最终却释放出另一种欲望,这种欲望极端危险、肮脏不堪。像小说中有些人物一样,对卡鲁我们也知之甚少,因此无法得出定论。两种观点可能都成立:传统观点认为,如那位少女所想,卡鲁非常纯良、品德高尚;但眼光明锐的读者却认为,卡鲁这个人物也不简单,但是这两种观点都无法确信。通常这种情况下,读者就会站出来说,本故事应该有明暗两条线,整部小说从始至终都是双重主线。

叙述方式:变换的叙述角度

此前,我们已提到过,某些人物,例如杰基尔,他们的体面名望只是表象,故事叙述得很清楚;而另一些人物,如恩菲尔德,他们不为人知的另一面,却隐晦不清。我们也提到过,《化身博士》以含蓄的方式,质疑城市能否被称作是一个理性的、多功能的工商业机器;故事里的伦敦完全是另一副模样,处处暗藏着难以驾驭的人类欲望和疯狂。至少从十八世纪末开始,作家们就常常把都市环境和社会看作是激发某种疯狂心理的诱因,而不仅仅是一个切切实实的地域规划形式。但是到了维多利亚时期，城市充斥着孤僻的个体、迷失的灵魂，这陌生的一面在作家们笔下越来越突出，如詹姆斯·汤姆森（James Thomson）①的长诗《暗夜之城》（*The City of Dreadful Night*，1874），其主要人物在矫揉造作的都市中倍感压抑和孤独。都市令人厌倦这类文学创作主线，从十九世纪末的“信仰危机”一直延伸到二十世纪初的现代主义，二十世纪初出现的一些文学作品更是表现出强烈的不安感，如T.S.艾略特（T.S. Eliot）②的诗《J.阿尔弗雷德·普鲁弗洛克的情歌》（“The Love Song of J. Alfred Pru-

---

① 詹姆斯·汤姆森（James Thomson，笔名 Bysshe Vanolis，1834—1882）：维多利亚时期的苏格兰诗人，作品多充斥悲观情绪，长诗《暗夜之城》是其代表作。

② T.S.艾略特：全名为托马斯·斯特恩斯·艾略特（Thomas Stearns Eliot，常写为 T.S. Eliot，1888—1965），出生于美国后移居英国，著名诗人、评论家、剧作家，1948 年获诺贝尔文学奖，被称为“二十世纪最顶尖的诗人之一”，作品数量不多但影响深远，代表作有诗歌《J.阿尔弗雷德·普鲁弗洛克的情歌》、《四个四重奏》（“Four Quartets”，1943）、长诗《荒原》（*The Waste Land*，1922），以及戏剧《大教堂谋杀案》（*Murder in the Cathedral*，1935）、《鸡尾酒会》（*The Cocktail Party*，1949）等。

frock”,1917)。

在《化身博士》的带动下,许多文学经典都将城市描述成一个孤独可怕、令人不安的地方。直白的描写绝对达不到这种效果,而是源于作者对空间的操纵,这个空间既包括故事的情景空间,又包括叙述空间。小说各组成部分的篇幅长短不一,刻意构成一个粗糙的整体。这些部分或许都称不上是章节,此书的各个版本通常也不用编号排序。第一部分题为“门的故事”(Story of the Door)。接着,拍面而来的,却是在泱泱都市中一扇“紧闭的门”,很快,这扇门把我们带入一个神秘、邪恶的空间,但又阻隔了读者的视线。就在这扇门外,是一个繁忙而简单的所在:

> 那扇门破败斑驳,没有门铃也没有拉环。懒散闲逛的流浪汉曾在门洞停留,在门板上划火柴;门前台阶上,时常有孩子玩游戏,模仿大人买卖商品;门边墙角处,可见道道划痕,是学童试验小刀锋利度而留下的印记。这扇门似乎几十年未曾敞开过,没有人出来赶走散漫的访客,也没有人修整破败的门庭。(第 6 页)

这条后街，就是一处被遗忘的角落，透着一股野性、凶猛的气息。虽然从功能上看是一处入口，是一条通道，但似乎它自身已经成为一个象征着黑暗空间的图腾。

这就是海德走的那扇门，他无情地踩伤了一个小女孩，被女孩的家人和恩菲尔德围堵的时候，就是走进这扇门，取出支票赔偿给他们。但是，恩菲尔德却不愿进一步探究这所房子。他暗示说，自己不想揭露任何事，以免让别人陷入尴尬境地，对这所房子，以及海德竟然占用这所房子并自由出入这件事，他说："越是尴尬之地，越要远离"（"the more it looks like Queer Street, the less I ask"，第 9 页）。恩菲尔德理所当然地认为，海德或许牵累了某个可敬的人家，使之陷入经济或社会丑闻。"Queer Street"是一个常用词，意指"困境、尴尬境地"，但此处再次指向变形，含义更丰富。借由这所房子以及故事的大部分场景，我们踏进了一片奇特的未名之地，或者蚀变区域。后来，我们发现，这扇门恰是一个德高望重的绅士之家的后门，为小说人物和主题的逆转做好准备。就算这条街道也具有双面性，暗示这种"怪事"可能乍见之下非常罕见，事实却并非如此，或者并不仅杰基尔博士一例。与其说黑暗面或备用门与这个人物相关，不如说是社会中广泛存在的现象。

海德半夜秘访杰基尔博士家，还有那位少女透过窗户目击卡鲁被谋杀，让我们再次看到，这种行为举止的空间是有限的。这部小说给我们一种空间极度狭窄的印象，杰基尔再也无法自由变形而困在实验室，最终构建起一个幽闭恐怖的实境。《化身博士》的记叙手法也功不可没，断断续续又纯粹主观的描述，进一步构建起这个隐秘的空间，更突显出社会现实与我们的臆想相差甚远这一思想。这部小说根本找不到主叙述者，而是由一系列长短不一的叙述性文本拼凑而成，无论从形式还是主题方面来看，或许我们都该把它归于前现代主义（pre-Modernism）①作品。史蒂文森对叙述元素的编排非常特别，手法游移不定、

① 现代主义（Modernism）指十九世纪末至二十世纪中期现代工业发展和城市化引起的前卫、反叛的各种哲学或文艺思潮，表现西方精神危机是现代主义文学的主题，强调自我表现，通常写作手法怪诞、语言讽刺；此处的前现代主义（pre-Modernism）指史蒂文森的作品带有现代主义的部分特色。

不断变换。故事开篇是全能视角，以第三人称叙述，接着换到兰尼恩博士的视角，他吓得魂飞魄散，战战兢兢地写下了自己的所见所闻，结尾是杰基尔的视角，是他在颓唐绝望之时留下的自白书。此外，还穿插着其他视角的叙述文本，例如海德的信件、杰基尔的遗嘱等，令人眼花缭乱。

对诚实的诉求？

杰基尔的自白书之后，没有出现任何叙述者来整理故事脉络。我们无法沾沾自喜地认为理清了叙述顺序，只能得出一个多少有点模糊的结论。我们只看到一个身处绝境之人的临终遗言。那么，要想知道这扇门通往何处，我们得慢慢来，越是接近谜底，气氛越压抑。小说前八段以全能视角记叙，此中还穿插了恩菲尔德一开始讲的那个故事，着意渲染了神秘莫测的气氛。《化身博士》这个故事就像俄罗斯套娃（Babushka dolls[①]），一层套一层，恩菲尔德讲述的故事是第一层，

① 俄罗斯套娃（Babushka dolls，或者 Russian dolls）："Babushka"是俄语，意为"老妇人、老奶奶"。

随着后面一系列人物的自述,我们一步步深陷其中。但是,零散的故事片段、隐秘的行为动机与绝望的心理状态之中隐约可见一种诉求,期望人与社会都能敞开胸怀、坦诚相待。期冀人们能够更加真诚,《化身博士》的现实意义或许就在于此。

注释:

1. 转引自安德鲁·朗(Andrew Lang,1844—1912)的未署名评论,发表在美国杂志《星期六评论》(*Saturday Review*)上,收入保罗·麦克斯纳(Paul Maxiner)主编,《罗伯特·路易斯·史蒂文森:批判继承》(伦敦,1981),第199—202页。

2. 这篇仿作见《笨拙》(*Punch*)1886年2月6日版,转引自《罗伯特·路易斯·史蒂文森:批判继承》(伦敦,1981),第208—210页;霍普金斯1886年10月28日写给罗伯特·布里奇斯信中的评价转引自《罗伯特·路易斯·史蒂文森:批判性继承》(伦敦,1981),第228—230页。

3. 见载于英格兰和爱尔兰联合教会发行的刊物

《岩石》(*The Rock*)1886 年 4 月 2 日第 3 版的匿名评论,转引自《罗伯特·路易斯·史蒂文森:批判性继承》(伦敦,1981),第 224—227 页。

4. 见约翰·阿丁顿·西蒙兹 1886 年 3 月 3 日的书信,转引自《罗伯特·路易斯·史蒂文森:批判性继承》(伦敦,1981),第 210—211 页。

《巴伦特雷的少爷》

这部小说仍以人性的堕落为主题，史蒂文森将故事背景设置在詹姆斯党复位之战失败后的苏格兰和加拿大，描摹了杜里家族两兄弟（the two Duries）之间发生的悲剧，阴险的詹姆斯（James）和弟弟亨利（Henry）争夺杜里斯迪尔（Durrisdeer）和巴伦特雷（Ballantrae）等家族财产的继承权，纷争不断，反目成仇。叙述者是在杜里家族供职多年的管家麦凯勒（Mackellar），为这个阴冷的故事添加了些许个人化色彩。

史蒂文森与历史传奇小说

《巴伦特雷的少爷》初问世，威廉·厄尼斯特·亨

利(William Ernest Henley)[1]就评论说,这是:

> ……最阴暗,或者说最肮脏的故事之一。书中的所有人物既不高贵,也不可爱:叙述者胆小如鼠,主人公是个披着人皮的恶魔,他的宿敌则愚蠢又心怀仇恨,故事中唯一的女性还病态地迷恋自己丈夫的哥哥,故事的主要场景就是兄弟间骨肉相残,配角都是走私犯、海盗、杀人犯和叛徒,故事情节之恐怖比巴尔扎克[2](Honoré de Balzac,注释 1)的小说更甚。

洋洋洒洒长篇论述之后,他总结性地评论说:"这完全

---

① 威廉·厄尼斯特·亨利(William Ernest Henley,1849—1903):维多利亚时代晚期的著名英格兰诗人、文学评论家和编辑,少时因病左腿被截肢,代表作为诗歌《打不倒的勇者》("Invictus",1875)。

② 巴尔扎克(Honoré de Balzac,1799—1850):法国著名小说家、剧作家,"现代法国小说之父"、欧洲批判现实主义文学的奠基人之一,出版 91 部小说,合称《人间喜剧》(*La Comédie Humaine*),代表作为《欧叶妮·葛朗台》(*Eugénie Grandet*,1833)、《高老头》(*Le Père Goriot*,1835)。

是想象力和文学艺术的一个典范”(注释 2)。这段赞赏史蒂文森技艺的评论来自与他同时代的作家,但是此后很长一段时间,对史蒂文森的批评却纷至沓来。显然,史蒂文森的作品失宠是因为评论家认为他太着意于传奇和冒险故事,与他转变写作技巧或者风格无关(在过去 120 年间,他一直被看作一位伟大的英语还有苏格兰语散文家)。也就是说,史蒂文森确确实实是一位历史传奇小说家,就像我们在《诱拐》(1886)里看到的。这是一部以詹姆斯党叛乱为背景的历险故事,史蒂文森不亦乐乎地将沃尔特·司各特(Walter Scott)①

① 沃尔特·司各特(Walter Scott,1771—1832):著名苏格兰历史小说家、诗人、剧作家和历史学家,其作品通常以历史故事或民间传说为题材,充满浪漫的冒险故事。司各特早期主要从事诗歌创作,代表作有长诗《最后一个游吟诗人之歌》(*The Lay of the Last Minstrel*,1805)、《玛密恩》(*Marmion*,1808)、《湖边夫人》(*The Lady of the Lake*,1810)、《特里亚明的婚礼》(*The Bridal of Triermain*,1813)等,1813 年获“桂冠诗人”(Poet Laureate)头衔却拒绝接受;后转向小说创作,成为英国历史小说的鼻祖,出版 30 多部历史小说巨著,代表作有《威佛利》、《艾凡赫》(*Ivanhoe*,又译《撒克逊英雄传》或《劫后英雄传》,1819)及《昆丁·达沃德》(*Quentin Durward*,1823)等,影响了很多作家。

《威佛利》(*Waverley*,1814)的情节融入其中,和《金银岛》(*Treasure Island*,1883)一样,一直是儿童读者的心头好;这两部作品,一个颇具年代感,另一个充满新奇的异域色彩,极合当时公众的胃口。很像现在的电视观众喜欢古装剧,维多利亚时期的读者喜欢异国情调,因此史蒂文森的作品当时在一定程度上很受市场青睐。其作品可读性强,对几代读者都颇具吸引力。但从根本上讲,“流行读物”的盛名使得读者无法关注到史蒂文森作品的其他成就。

《巴伦特雷的少爷》是一部讲述十八世纪苏格兰文化动荡的历史小说,它自身也展现出十九世纪末期的“现代性”。作家威廉·亨利笔下的人物都各有不足,史蒂文森的作品延续了这种风格,就像《化身博士》一样,继续探索人类本性的黑暗面如何成为压倒性特质。与沃尔特·司各特的历史小说不同,《巴伦特雷的少爷》中没有一个人物能被简单地认定为“好人”或者“品格高尚的人”。詹姆斯党叛乱或许与故事情节有关联,却并不重要,实质上算是“幕后花絮”(off-stage)。《巴伦特雷的少爷》符合历史题材小说的某些条件。但是从根本上来看,这部作品实际是对了解“历史”有益于认识人类生活这一观点提出质疑(这点使之成为一部与众不同的“历史”小说)。或者史蒂文森是刻意攀扯到苏格兰詹姆斯党,因为这是系列历史小说《威佛利》的惯用题材,沃尔特·司各特恰恰是借这个题材,提出认识历史这样的棘手问题。《巴伦特雷的少爷》的副标题“一个冬天的故事”(A Winter's Tale)是史蒂文森另一个迷惑性手法。这种描述,尤其是那些伸手不见五指的黑夜,似乎是想满足读者的猎奇心理——或许是一个鬼怪故事呢。其实,远不止如此,这个副标题使书中弥漫的人类悲观情绪得以解析,作者试图通过这本书告诉读者:现实生活中,人性的黑暗面常常占上风。

灵活运用数种叙述视角

和《化身博士》一样,《巴伦特雷的少爷》也着意构建多重叙述视角,因此开始是一位“编辑”的前言,这位编辑是从律师(W.S.)①约翰斯通·汤姆森(Mr

① “W.S.”意为律师,是“writer to the signet”的缩写,指苏格兰一个历史悠久的律师协会(Society of Writers to Her Majesty's Signet)的成员,与“lawyer”同义。

Johnstone Thomson)那里听到这个故事的。这位编辑“流落”外地，回爱丁堡暂住的时候，他的律师朋友按照承诺，给他讲述了一个“神秘的故事”：

> 他的朋友说：“是的，一个神秘的故事。或许微不足道，或许事关重大。但同时确确实实非常神秘，近一百年来没人知道；这个故事发生在上流社会，关乎一个贵族家庭；内容匪夷所思，(如上所述)牵涉生死大事。”(第6页)

这位律师最近从已故的以法莲·麦凯勒(Ephraim Mackellar)那里得到一些文件，后者是苏格兰西南部杜里家族的管家，十八世纪中叶，这个家族坐拥杜里斯迪尔和巴伦特雷两处庞大家产，如今已经家毁人亡。

> “这个故事就交给你了：你要做的，就是构建场景、刻画人物、修饰文风。”汤姆森先生说。
>
> “亲爱的朋友，这三点正是我最不想改动的地方。就一字不改地出版吧。”我答道。

> 汤姆森先生不赞成,他说:“但是描述太平白了。”
>
> 我跟他说:“我认为白描是最佳的描述手段,肯定没有比这更有趣的故事。要是我,所有的文学作品都应该是白描……”(第 8 页)

我们或许注意到,此处史蒂文森有些戏谑的兴味。他心里想的,显然是自己作为文化移民的处境,想要通过“编辑”这个人物获得认同。在他的家人眼里,史蒂文森放弃了律师职业而选择过一种靠想象力为生的生活,只是个对文学一知半解的半吊子,那他就让自己笔下的编辑依赖一份法律卷宗来给我们讲这个故事。如汤姆森所讲,这位编辑从一堆法律文件中选出了一个“匪夷所思”的“神秘故事”,一部“情节剧”(melodrama)。我们慢慢明白,故事中的所有神秘事件,全都与杜里家的长子詹姆斯有关,他作风浮夸、喜好历险,还是个恶棍。从律师和编辑在故事开端的对话中,我们获得了这个谜题的一点线索,杜里家族的人在 19 世纪早期就都死了。我们将要读到的,是一个王

朝由盛转衰、最终败落的故事，“情节剧”“平白的描述”这些字眼只是障眼法。整体来看，这两点告诉我们，后面的这个故事肯定耸人听闻，极富戏剧性，情感极丰富微妙却缺乏具体的细节（例如，人物性格刻画方面着墨不多，所以汤姆森建议再加工一下）。律师说，编辑稍加润色，就成了一部不错的小说。史蒂文森是位富于创意的作家，此处对他自己创作技巧的评论很有趣，意指这位小说家靠想象力全方位观察人类生活。对小说家的这种看法或许在十九世纪查尔斯·狄更斯和乔治·艾略特（George Eliot）①的作品中体现得最为明显。这两位作家的小说中，人物命运的转折看似偶然，却决定了主人公们的生活走向，从而让他们逐渐意识到，自己的生活是很多因素合力作用下的结果，明白了这一点，让他们（还有读者）对人

---

① 乔治·艾略特（George Eliot，Mary Ann Evans 的笔名，1819—1880）：英国小说家、诗人，维多利亚时期的一位杰出作家，作品以现实主义和心理描写闻名，共出版七部小说，其中最著名的是《佛罗斯河畔的磨坊》（*The Mill on the Floss*，1860）。

类心理有了更充分的认识。《巴伦特雷的少爷》并不认同此类小说代表的观点，带有几分回应的意味，在他的小说中，即使梳理出所有故事情节背后的历史事件，主人公的动机直至最后仍旧云山雾罩。但不能否认，这部小说对人类心理动机确有一定的真知灼见。

杜里家族的家世小说（Family-Saga）

这位编辑拿到的文件为一部家世小说提供了素材，这些文件之前大部分由以法莲·麦凯勒保管，而后者即使不是一碗水端平，也算是个可信的叙述者。在本故事的开头部分，麦凯勒有一段话嘲讽意味浓厚，借此表明了自己的好恶："是命运的安排，让我与（杜里斯迪尔）这家人休戚与共，亲历这个家庭的大事小情，见证它的结局。"（第 9 页）

在麦凯勒的故事里，他与詹姆斯党 1745 年叛乱后陷入混乱和争斗的东家"休戚与共"，是因为他跟这个家族同声同气、同甘共苦。确切地说，他与亨利·杜里斯迪尔（Henry Durrisdeer）同声同气，非常同情他。

追随查尔斯·爱德华·斯图尔特（Charles Edward Stuart）[①]的叛军风险很大，本该由次子来做，但是詹姆斯却随心所欲，外出历险，全然不顾自己作为家族第一继承人的责任，将管理家族事务的重担扔给了弟弟亨利。詹姆斯党暴动期间，许多历史上真实存在的世家两边都下赌注，杜里斯迪尔家族可能也打算采取这种策略：一个儿子参加叛军，最保险的就是让弟弟去；一个儿子继续效忠于彼时当权的王朝。然而，詹姆斯却提出以抛硬币的形式决定兄弟俩谁去加入叛军，对家族的利益却不那么在意。结果，詹姆斯赢得了这次机会，再加上父亲杜里斯迪尔爵爷（Lord Durrisdeer）听之任之，对这个“决定”没有任何异议，权宜策略就这么轻率地被丢弃了。

麦凯勒从未指责过杜里斯迪尔爵爷，尽管后者经常毫不掩饰地偏心纵容詹姆斯——他最中意的儿子。这位爵爷本该加强法度、维持秩序，却在其位不谋其

---

① 查尔斯·爱德华·斯图尔特（Charles Edward Stuart）：詹姆斯二世之子。

政,听任杜里家族宅邸周边一带变得混乱无序,走私犯都能任意妄为。正如之后我们推测的,詹姆斯和这些走私犯沆瀣一气,詹姆斯跟弟弟持剑决斗却受伤倒地,看上去像是死了,后来竟然被这些走私犯救走。这似乎是说,因为自己的儿子和这些不法之徒交情匪浅,所以杜里斯迪尔爵爷不惜玩忽职守,对社区事务,还有家庭事务不闻不问。还有,杜里家族似乎财务管理不善,这个情况描述得并不清楚,却至关紧要,正因为如此,才出现家族产业需依靠联姻来维持的情节,杜里家的儿子娶由爵爷做监护人的艾莉森(Alison)为妻,那么就可以利用她的财富解杜里家族之困。这个家族是如何发现自己身处困境的,则永远不得而知。或许是因为杜里斯迪尔爵爷,他是一个性格懦弱、不问世事的人,数次都表现得像是隐居者一样,不仅溺爱纵容长子,还不理家族事务。然而,麦凯勒仍然勤恳工作、谨守本分,对于这种状况从不出声反对,也未暗中提醒。更令人称奇的还有,麦凯勒不仅对亨利和杜里斯迪尔爵爷,显然对詹姆斯也是忠心耿耿,即便后者在1745年叛乱失败后回来祸害家人,令人厌恶,麦凯勒还是认为他赏心悦目、充满魅力。所以，我们的主叙述人麦凯勒，从他的私人情感来说，的确与这个家族“休戚与共”，而他的心理状况，还有从他的角度呈现这些事件，本身就很有趣。

荣誉之战与以恶为乐

詹姆斯是杜里斯迪尔的继承人，他逼迫家人以抛硬币的形式决定两兄弟谁去追随叛乱的斯图尔特家族，显示出冷酷无情的个性：

> 大少爷说：“追随詹姆斯国王的应该是直接继承杜里斯迪尔的长子。”
>
> “如果我们光明正大，”亨利先生说，“这样说或许有道理。但是，我们在干吗？玩牌使诈啊！”
>
> “我们都是为了杜里斯迪尔家族啊，亨利！”他父亲回答。
>
> “听着，詹姆斯，”亨利先生说，“我去的话，如果查尔斯王子的叛军占了上风，那么詹姆斯国王也不会找你麻烦。但是你去的话，如果征战失

败,我们就没办法名利双收了。那我成了什么?”

“你就成了杜里斯迪尔爵爷啊,”大少爷说,“我就撂牌,我所有的一切都拱手相让。”

“不能这么做,”亨利先生大声道,“我会被人说成是个无情无义、不知廉耻的人,我可受不了。我会里外不是人,被人看不起的!”他急了。

一会儿,他尽量心平气和一些,说:“留在家里和父亲待在一起是你的责任。你很清楚,父亲最疼你。”

“哈?!”大少爷说,“终于说出来了! 你妒忌! 想跟我争吗,雅各?”他恶狠狠地叫着亨利先生的教名。(第 12—13 页)

这位詹姆斯少爷,刚开口的时候,似乎是个有是非观的正派人。但是,亨利不同意他的想法,说这就像是“玩牌使诈”(cheating at cards),提醒詹姆斯,家里出于务实的想法,正准备对交战双方都表忠诚。詹姆斯特意用这个隐喻正面回击亨利,说他会“撂牌”,将自己所有的一切拱手让给亨利,以嘲讽的语气说出自己

在这场游戏中的角色。亨利言之有理,如果詹姆斯去加入叛军,而若叛军失败,那么待在家里的弟弟会被看作是无耻之徒。詹姆斯坚持己见,父亲又基本不说话,放任纵容哥哥,亨利受了刺激,道出一个无情的事实:詹姆斯是杜里斯迪尔爵爷的心头肉,在两兄弟中父亲最不想失去的,是他这个长子。詹姆斯指责亨利善妒,称他像圣经故事里的雅各(Jacob)①,靠诡计获得家族权力,显然赢得了这场道德论辩,还展示出他自己是英勇之士。詹姆斯阴险狡猾地揭亨利的短处,使得亨利无言以对,受逼迫之下只好同意抛硬币。这个情节中有几点值得注意,詹姆斯的恶魔人设已经开始慢慢显露。首先,他把这整个事件看作是一场游戏,说明他轻佻无礼,对家族事务"毫不在意"(devil may care)。詹姆斯提出和亨利赌未来,让我们想到另一个与恶魔撒旦有关的禁忌:千万不要跟恶魔做交

① 圣经故事里的雅各(Jacob)是《旧约圣经》中犹太列祖之一以撒(Issac)的次子,以一碗红豆汤买得哥哥以扫的长子之名。

易,不要跟他赌。(亨利蠢到与恶魔对赌,同意抛硬币,因此他结局悲惨就在情理之中了,至少表面看来是这样。)我们还可以看到,詹姆斯的邪恶还表现在,他并未真正变身,但是恶毒地以己度人,暗中将道德自己(moral self)映射到自己的弟弟身上;这一点从詹姆斯称他弟弟"雅各"(Jacob)就知道了(讽刺的是,"雅各"其实是"詹姆斯"的别称),他总是以自己的罪恶之心度亨利之腹。由以上内容来看,或许詹姆斯才是那个妒忌自己兄弟的人,他决心去投靠詹姆斯党叛军,去冒险,就是为了显示自己的英勇,而不想让亨利得到这个机会,因为他意识到,亨利欣然遵从那个逻辑上对整个家族最有利的决定,才是真正的勇士,因此愤愤不平。

当詹姆斯党叛乱前景堪忧,詹姆斯成为逃犯,被剥夺了继承权时,他似乎生出了坏心思,满怀愤恨。在此之前,他很可能已经跟家宅附近的走私犯商议过,然后才现身,而且表现得非常傲慢,亨利出于羞愤,不干涉他,他就利用这一点脱身,得以继续追随斯图亚特王朝的叛军,不负责任地外出冒险。他本性向

恶,甚或恶得毫无目的,就是为行恶而行恶。我们或许注意到,他毫无道德观念,总是用抛硬币的方法决定事情,在不确定和希瓦利埃·伯克(Chevalier Burke)[①]为友还是为敌的时候,也用这种方法。詹姆斯就是撒旦的化身,这种人设和弥尔顿(John Milton)[②]的史诗《失乐园》(*Paradise Lost*,1667)中的魔鬼撒旦的人设何其相似,总是无缘无故地行恶。弥尔顿笔下的撒旦出于无聊而为恶作乱,甚或仅仅是因为他有为恶的能力而已。詹姆斯也许正是这种人,没什么复杂的原因,就是以行恶为乐。《化身博士》的理论背景或许再次出现,达尔文进化论的思想可能让史

---

① 希瓦利埃·伯克(Chevalier Burke):小说中追随查尔斯王子的爱尔兰籍叛军上校,败退后与大部队走散,在旷野中遇到詹姆斯·杜里,之后即出现文中所述情节。

② 约翰·弥尔顿(John Milton,1608—1674):英国诗人、作家、思想家,代表作为无韵体史诗《失乐园》(*Paradise Lost*,1667)及政论性散文《论出版自由》(*Areopagitica*:*A Speech for the Liberty of Unlicensed Printing*,1644);《失乐园》以圣经故事为基础,讲述魔鬼撒旦(Satan)诱惑亚当与夏娃(Adam and Eve),导致他们被上帝逐出伊甸园(Garden of Eden)。

蒂文森有了一个新想法，认为人也可以沿着进化系谱退化到纯粹动物式的任性妄为。但是，这部小说采用了历险这种辨识度高的写作模式，还反复仿拟圣经故事的情节，同时又非常巧妙地进行一定的心理阐释。

浪子詹姆斯·杜里

这部小说的情节极具辨识力，同时又易打动人心，引发心理共鸣，两者完美结合，其中又内嵌一个"浪子"的故事。"浪子"故事影响广泛，每个观众或读者都知道，我们认为史蒂文森以一个旧故事为基础创作了这部小说，这就是原因之一。与史蒂文森同时代或者这个时代之后的读者，因他们所受的基督文化的教育，都熟知这种浪子故事。圣经寓言故事里蕴藏着基督教思想，上帝，或者像故事里的父亲，是无限宽容的，但是，在《巴伦特雷的少爷》里这条线成了空响炮。确定地讲，通篇看来这几乎是一部反基督教教义的小说，本身就是一场精彩的反叛，无论是从父亲，恶魔撒旦，还是浪子等基督教寓言故事里哪一个角色的角度来看，都是如此。小说情节数处仿拟圣经故事，它们

互相矛盾显得一团混乱，但是实际上，在这一团混乱之中，今日的读者能够清晰地识别出一种弗洛伊德式认知，强调“弱肉强食”的丛林法则无处不在（即便是家人之间）。以此种方式将这些耳熟能详的圣经故事打落神坛，或许不会让读者太过反感。这些仿作的圣经故事情节，或许能够帮助读者理解，詹姆斯的恶行是出于何种心理动机。他总是恶形恶状，与其父的软弱有关，不仅仅是因为杜里斯迪尔爵爷的溺爱，还因为父亲对家庭事务疏于管理或者管理不当。詹姆斯作为继承人，理应主动果敢地分担责任，而他则热衷过度。因某些未知原因，杜里家在詹姆斯离家之前就处于一种瓦解状态。尽管他从未明确承认，他之所以把“荣誉”当人生格言，或许就是因为他意识到，家族荣誉已经受损。那么，可以这么认为，詹姆斯因家族情状而心怀羞愧、愤怒，被家族拖累。如此看来，詹姆斯可以说是一个自我仇视、自我毁灭的人物，而不是一个让人无法看透的恶棍。那么，我们就回到了前言中提出的那个问题：这是一部热闹的历险故事还是一部深刻的心理小说？

詹姆斯的阴毒人设

詹姆斯有时是一个夸张胡闹、舞台恶魔式人物。以下情节可以看出这一点:织布匠沃利·怀特(Wully White the Wabster)常跟人讲詹姆斯行为不端,这位大少爷就恐吓他,往他家炉火里扔湿柴,弄出很大声响,吓得沃利以为恶魔到访。玩这些粗俗把戏的时候,詹姆斯蓄意忘记他的荣誉感,相比之下,跟史蒂文森《诱拐》里那个性格焦躁的人物艾伦·布雷克·斯图尔特(Alan Breck Stewart)完全不同。詹姆斯知道他可以逃开,不让事情暴露,如果严格遵照具有强烈荣誉感的斯图尔特的标准,大张旗鼓地与人争斗就像一出闹剧,太愚蠢了。我们看到,詹姆斯完全是一个反英雄式主角,一个颠覆历险故事中各种传统的人物。与史蒂文森借用的圣经故事一样,这里我们又一次见到了空响炮式手法:读者成为消遣对象,他们的期待落空,甚至被愚弄。史蒂文森是不是想说,人们听到的故事远不像表现出来的那么直来直去呢?若以此为线,以解读《化身博士》的思路解读《巴伦特雷

的少爷》,便可以看到小说外部的理性表征和暗藏的心理现实之间的差距。仔细观察一下,我们就得到了几处例证:我们本以为老忠仆约翰·保罗(John Paul)会喜欢亨利,其实他却偏向詹姆斯;老酒鬼麦肯奥奇(Maconochie)本应该跟詹姆斯这样不可靠的人为伍,却属支持亨利的一派。该怎么理解这种错位呢?这是不是说,人们心理上总是受到与自己完全不同的对立人或者物的吸引呢?

詹姆斯卑鄙无耻,是个非常典型的人物。他一味胡作非为,是个简单的一维式人物形象吗?他的诡诈(他的"全貌")是不是没有完全表现出来呢?这个人物形象的确有更深一层的设定,有个情节给我们少许提示,看看希瓦利埃·伯克的回忆录就知道了,詹姆斯在海盗堆里周旋自如。在这段故事里,詹姆斯篡夺了海盗头子蒂奇船长(Captain Teach)的领导权,给海盗们立规矩,就好像想要让他们的恶行像艺术那样可敬。那么,就出现了跟之前相似的问题:詹姆斯是完全不管不顾、毫无章法地胡作非为吗?或者说,他的恶有没有限度?希瓦利埃·伯克递送了三封詹姆斯的信，信件的内容我们无从得知。但重点是，詹姆斯给家人分别写信，告知他们自己的状况，而不是写一封家书，让他们一起看。这其实暗示，他根本什么都没交代清楚。对詹姆斯来说，这些信就是他耍花样的道具而已，既能够继续分化家人，又可以混淆视听、隐瞒实情。詹姆斯大概只是装模作样吧，其实没什么心机和能力。其实不然，他离家许久，在叛乱失败后回到家，卑鄙诡诈的本性即刻表露无遗。他想哄骗家里其他人，与他们亲密无间，却又想悄无声息地折磨亨利，最终导致兄弟决裂，约定决斗：

> “亨利·杜里，”大少爷说，“开始之前，我有话要说。你会剑术，能耍两下花剑；但是真剑怎么用，你根本就不知道。凭这一点，我就知道你肯定输。再看看我，所有条件都对我有利。如果你输了，我远走高飞，去守着我的钱。如果我输了，你怎么办呢？父亲，你妻子——你很清楚，她爱我——甚至你的孩子，她可是更喜欢我呀！这些人会替我报仇的！亲爱的亨利，你想过吗？”他微

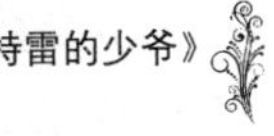

笑着看向弟弟，然后行了个击剑礼。（第 109 页）

若是位可敬之士，或者有骑士风范的人（詹姆斯常常有意让别人这么看他），会直接开始决斗，或者至少说几句话赞扬对手勇敢。詹姆斯却仍旧讽刺挖苦亨利，或许展现出他自己很不安，想要贬低他的对手以便占据心理优势。他声称自己一定会赢，并暗示说亨利死后他自己会远走他国，杜里斯迪尔大宅则会沦为废墟。即便亨利赢了，他也只会受家人唾弃，谴责他竟然杀死了兄长，他可是他们的最爱。实际上，詹姆斯后来输了这场决斗，而亨利以为哥哥死了而伤心欲绝，跟父亲坦白了这件事：

亨利先生声音哽咽，像被人扼住了喉咙一样低声嘶喊了一声，跳起来趴到父亲的肩上，痛哭流涕，看着让人心痛。“哦！父亲！”他哭道，“你知道，我爱他；你知道，我起初是爱他的；为他去死都可以——这你都知道！为了你和他，我干什么都愿意，哪怕去死。哦！父亲，跟我说你都知道。哦!跟我说你原谅我。哦,父亲,父亲,我做了什么呀——我都干了些什么事啊!”他痛哭流涕,一会儿触摸父亲,一会儿搂着他的脖子,就像一个受到惊吓的孩童。(第122页)

此时,詹姆斯的恶毒计划实现了,如他所愿,成功将自己的浪子角色抛给了亨利。亨利哀求父亲原谅自己,犹如一个无助的孩童。这似乎表示,他和詹姆斯一样,在一定程度上缺失家庭温暖,冷漠的父亲并未给予他多少父爱。麦凯勒当时就在现场,根据他的叙述,面对烦乱不安的亨利,杜里斯迪尔爵爷无动于衷,“像一个表情冷漠而心地善良的旁观者,冷静自持”(第122页)。从上例我们似乎看出,麦凯勒的叙述不太可靠:他说得对,爵爷表情冷漠,但是他的错误在于,竟然认为爵爷对次子怀有舐犊之情。试推测一下就知道,这种冷漠可不是出于爵爷的父爱。爵爷的心地可能并不是那么“善良”,当看到亨利表现出对哥哥、对父亲诚挚的爱时,他竟然吓呆了。杜里斯迪尔爵爷没放任此情此景继续下去,而是逃开了,对麦凯

勒说:“让他们夫妻俩待一会儿吧”(第 122 页)。他再次表现得像是管家有道,细致条理,其实却更像是急于逃离这种让他感觉不适的境况。

心理扭曲的亨利·杜里

詹姆斯和亨利是气场不和、矛盾不断的两兄弟,几个主要故事情节中,都见到他们在争权夺利,但是他们的矛盾可能并不仅限于权利争斗。杜里斯迪尔爵爷作为父亲,一直对他们疏于管教,他总是独自坐在火炉旁阅读,将自己为人父的责任弃置脑后,根本不理会两个儿子。这就是詹姆斯无视责任、不服管教的根源,也导致亨利对自己应尽的义务有些过度焦虑,甚至神经质式的敏感。甚至在詹姆斯离家追随詹姆斯党叛军历险之前,亨利就试图管理家族产业,承担起本该父兄承担的重担。亨利为家族选择宽容隐忍,他非常清楚,无论是父亲的疼爱还是艾莉森的爱情,自己都落于詹姆斯之后,他娶艾莉森是因为爱她,也是因为想要保住杜里家族。如我们所见,他也是个英勇之士,他力争自己上战场,去加入斯图亚特家族的叛军,还有跟哥哥决斗,他都没有退却。亨利品德不错,体格也好,若在其他故事情形中或许会成为一个正面的人物形象。但是,随着故事的推进,我们却看到他受到迫害之后心理变得阴暗,性格不断扭曲。詹姆斯历险归来,问弟弟要钱,麦凯勒这时注意到,亨利反应强烈,暴跳如雷,此后曾数度情绪失控:

> “好啊!你瞧着吧,让他看看,让上帝也看看!就是把家产败光了,成了穷光蛋,我也要喂饱这个吸血鬼。让他要吧——要什么,都给他!反正本来就都是他的。哈!”他嚷道,“我就知道会这样!当年他不让我走,我就猜到了,现在的情形比我猜的还好点呢。”(第72页)

此处,亨利的反抗以自我为中心,跟他哥哥惯常的态度如出一辙。这或许情有可原,毕竟当时的境况让亨利承受了巨大的心理压力,但是他也不至于盘算着毁掉家业,这似乎跟他之前的所有努力都背道而驰,他所做的可都是为了保住家业。可能亨利这时非常清

楚家里的情况，他的父兄几乎败尽家产，自己或许也难挽颓势，他只是隐晦地提及一下这个事实。极度压抑之际，亨利成了一个失败主义者，对家族前景完全失望了。无论如何，我们看到杜里斯迪尔家又有一个男人滑向自我毁灭的境地。据此推测，杜里斯迪尔家族中的所有男性成员可能都遗传性地情绪不稳，再有，我们知道，这个家族最终神秘地消亡了，将这两点联系起来，或许可以猜测，这部小说是与生物学遗传有关的悲剧。

即便詹姆斯狮子大开口，让家里捉襟见肘，亨利还是屈从了。他这么做或许是因为他对哥哥又爱又愧，尽管詹姆斯的窘境都是他自己造成的。或者说，亨利害怕了，他想安抚詹姆斯，让他离开艾莉森。但是，从前述亨利暴怒的情形来看，还有一种可能性，面对哥哥的索求，有可能是出于气愤和高傲，他才在这里说那些在乎自己胜过家产的话。如果按照后面这个说法，那么对亨利就有一个古怪的推论，他不想让人看出他在乎家产，才对它嗤之以鼻，顺从哥哥的要求。詹姆斯这边呢，他被依法剥夺了继承权之后，才表现得好像很重视家产。或许是应得的报应吧，亨利可能是下意识地，重蹈他父亲的覆辙，竟然也把詹姆斯的地位放在了家产之前。

艾莉森·杜里，边缘化的女性

决斗之后，詹姆斯再次消失不见，亨利则频繁发病，这又一次暗示，杜里家的人可能患有非常近似的心理疾病。灵异事件出现了，亨利似乎越来越频繁地受到魔鬼，或者詹姆斯的骚扰，这是典型的史蒂文森式故事架构，细节微妙。亨利的病时好时坏，麦凯勒看到他恢复常态时回到妻子身边，"像孩子奔向母亲一样满腔热情"(第 133 页)。亨利似乎想营造一种表象，杜里家并非男权至上之家。就像《化身博士》,《巴伦特雷的少爷》其实也充斥着恐怖压抑的男性气息。史蒂文森常被批评不擅长塑造女性形象，艾莉森恰可以证明这一点。但是，小说呈现的主要是与生意有关的事情，艾莉森的形象可以说跟这个背景还是比较一致的。在这样的场景下，女性很少被提及，除非她给男性世界增光添色或者就像艾莉森的情形，能够带来

经济利益。亨利陷入忧郁无法自抑，这里需要注意的是，他把注意力放到了儿子，也就是他的继承人身上，所以几乎忽略了女儿。艾莉森坦率真诚，在婚前就直言不讳地告诉亨利，对他是“同情”而非“爱情”。此时，她和亨利都明白她如此坦诚的原因：她爱的是詹姆斯。尽管詹姆斯除了把她当作折磨弟弟的工具之外，是否曾对她有真感情都值得怀疑，像杜里斯迪尔爵爷、麦凯勒，甚至亨利自己的行为一样，艾莉森的行为印证了詹姆斯的确具有一种神秘的魅力。随着时间的推移，她爱上了亨利，虽然彼时爱得还不够深。虽然寥寥几笔，艾莉森的形象清晰可见，与那个历史时期的女性地位相吻合，她们被边缘化、没有发言权。她起初非常诚实，把自己对亨利是什么感情讲得很清楚，但是在一个男权社会里，她永远不可能成为主角。

丧命荒野

为躲避詹姆斯，亨利带着妻儿逃到美国，可詹姆斯还是找到了他。在大西洋彼岸，詹姆斯做了裁缝，裁缝店的招牌上还一意夸耀自己不同寻常的家族史：

“詹姆斯·杜里,前巴伦特雷大少爷。旧衣缝补,焕然一新”(第199页)。亨利则取代了詹姆斯惯常的角色,在某种程度上成为一个施虐者。亨利每天都去詹姆斯的裁缝店,坐在店旁的长凳上,恰是他哥哥招待顾客的位子。亨利愉悦地坐在那里跟熟人打招呼,说自己很高兴看到哥哥终于有了份工作,声称是来看看有什么可以帮帮忙的。麦凯勒担心不已,亨利告诉他这件事让他“心宽体胖”(第201页)。这句话带有这样的蕴意——亨利像个吸血鬼,从前詹姆斯像来自暗夜的“吸血鬼”,此时与从前的情景完全颠倒过来。对于他的哥哥,亨利自信地宣称自己会“摧毁他的灵魂”(第201页),他虽然取得了一点胜利,技高詹姆斯一筹,但是后来我们看到,这个预言还是太过自信了,詹姆斯很有“体育精神”地承认自己输了:

> “亨利,”他说,“我之前的确走错了一步,让你抓住了机会。这次就算了;我恭敬地承认,你赢了,你可真行。实话实说,你可真知道怎么招人讨厌!”(第202页)

如何理解这个情形呢？这次，亨利赢了詹姆斯，詹姆斯就真的这么毫不在意吗？不会的，更深层次讲，真正的赢家可能是詹姆斯，他成功地将弟弟拐带到他的轨道，行为处事和他如出一辙了。这个恶魔怂恿恶行，亨利评价自己的计划时说的“心宽体胖”具有双重意义，既意指他的精彩反击，又暗示他爆肥是因为心怀邪恶，对哥哥终起杀心。

最终，两兄弟几乎同时惨死在美国的荒野之地。詹姆斯的印度同伴赛肯德拉·达斯（Secundra Dass）来自异邦，相貌奇特，有他常伴左右，为詹姆斯的恶魔形象添了重重一笔。通常，故事里如果出现恶魔，恶魔身边总有一些小妖小鬼，赛肯德拉的种族和“异教徒”背景，还有他像个苦行僧，好像懂些异术，更让读者觉得他的同伴詹姆斯是个恶魔。赛肯德拉和詹姆斯，与一些盗匪结伴，开始了一场极其拙劣的寻宝历险。詹姆斯假装病死，赛肯德拉将他埋葬，实际是为了摆脱那些凶残的同行盗匪。这个印度人教他假死之法后，詹姆斯被活埋。几天之后，亨利、麦凯勒和赛肯德拉·达斯到达墓地之时，赛肯德拉正在掘墓，将詹姆斯挖出来,试图帮他复活。詹姆斯的眼睛曾睁开一会儿,这幅景象让亨利难以承受,当场倒下,死了。但是,詹姆斯被掘出来得太晚了,因被埋得太久而根本无法生还。最后这次,詹姆斯耍花招,想让自己像个打不死的恶魔,结果失了手,但是这个花招在最终失败之前,却导致亨利先于他而一命呜呼。詹姆斯此时也死了,时机恰好,毕竟他一直迫害的对象死了,他存在的理由(*raison d'être*)[①]也消失了。至此,小说的结尾有些戏剧性,似乎向我们表明一点:巴伦特雷家的人都太以自我为中心,才导致激烈的内讧。

麦凯勒和他的叙述

以法莲·麦凯勒这一人物,表面看来平淡无奇。在詹姆斯的眼里,他是个"方脚趾"(Square-toes)[②],可靠、忠诚,他曾获得爱丁堡大学硕士学位,受18世纪早期清教氛围影响极深。其实这一点也有不明之处:这

① *raison d'être*:法语,与英语"reason of existence"同义,即文中"存在的理由"之意。

② 方脚趾(Square-toes),意为"古板拘谨的人"。

个人毕业之后为什么不去苏格兰教会任职？在那个时代，手握神学学位要获得教职并不难。麦凯勒是如何到杜里斯迪尔家工作的，并不清楚，有一个推论就是，他能到一个灰暗、几近破败的家庭担任管家，这暗示，他似乎也有不同寻常的一面。

麦凯勒这个人物身上有一个更确凿的与其形象不符之处——他热衷于将自己讲述的那些故事塑造成历险传奇。考虑到他的举止像长老教教徒，非常古板，我们不期望他会写出富有诗意的传奇故事，但是起初，他却以古诗为例描绘了杜里家族众人的形象。例如，“杜里男儿横街跑，鲜衣怒马频舞矛”（“Kittle folk are the Durrisdeers, /They ride wi' owermony spears”，第 9 页）。但同时，这些语句，让麦凯勒看上去似乎又像个加尔文主义者，确信这个家族的命运已经注定。这几句话表面上写杜里家族的权势，但也暗示（如词语“owermony”①）他们的权势不一定长久（故事中的家族内讧就是印证）。但整体来看，为了将杜

---

① Owermony：苏格兰语，与英语“too many”同义，意指杜里兄弟经历重重困难和危机。

里兄弟的故事呈现出来,麦凯勒煞费苦心,甚至还糅合了希瓦利埃·伯克的回忆录,以便追踪詹姆斯的海外历险故事。麦凯勒只是以时间为序讲述,用大半篇幅描写詹姆斯常陷入困境,总是左支右绌。可以说,他轻而易举地被詹姆斯的恶魔形象打动,所以才对故事情节添油加醋。我们看到,麦凯勒非常关注詹姆斯,就在詹姆斯被亨利刺倒之后:"大少爷像变了个人,从地上弹跳起来;我从未见过他这么帅气"(第107页)。麦凯勒此时是不是被詹姆斯的表演迷惑住了呢?还是说詹姆斯从他人的消极情绪中获得了巨大的能量,这种能量又增强了其性格中的超自然本性,而麦凯勒只是如实记录而已呢?

最终,麦凯勒声称看穿了詹姆斯的人品,似乎想说詹姆斯的各种手段其实一目了然,或者简单粗鲁:"总以为他高深莫测,那时我发现自己大错特错,过分高估了他"(第159页)。詹姆斯是个性格坚韧的人,因此麦凯勒的这个论断可能并不完全可信,麦凯勒之后的描述印证了这一点。麦凯勒被两兄弟的故事深深吸引,奇特的是,两人都让他触动良多。他深陷两兄

弟争斗之中，以至于在海上的时候曾试图杀死詹姆斯而未果。就好像，他自认为具有极强的辨识力，能辨忠奸，这种自我认知非常可怕，让他自觉高人一等，竟策划谋杀他认为奸恶的人。麦凯勒是否是那种绝不肯改变对别人的论断、刚愎自用的人呢？读者或许发觉了，他讲的故事看上去总让人觉得夸张不实，反派人物也是一味地坏。换句话说，麦凯勒是不是找到了引起兄弟争斗的真正矛盾？他曾对詹姆斯说："您弟弟是个好人，而您是个坏蛋——不折不扣的坏蛋"（第191页）。像《化身博士》一样，《巴伦特雷的少爷》质询人类道德本质的深度与源头，读者从头至尾都忐忑难辨，人性到底是善还是恶。

注释：

1. 保罗·麦克斯纳主编，《罗伯特·路易斯·史蒂文森：批判继承》（伦敦，1981），第350页。

2. 同上。

《落潮》

故事起始于十九世纪的大溪地(Tahiti)[1]。三个落魄的白人乞丐骗得一艘双桅帆船,打算开往南美洲将船上的货物卖掉。然而计划失败,他们没能到达南美洲,却到了一个神秘的岛屿。岛上的人都听命于一个持宿命论的传教士阿特沃特(Attwater)。三人企图反叛,手段卑劣,轻易就被阿特沃特看穿。一个被杀,一个从此成为虔诚的教徒。烧掉弃船之后,故事的主角赫里克(Herrick),似乎准备继续漂泊。

---

① 大溪地(Tahiti):法属波利尼西亚的一个岛屿,位于南太平洋中部,经济以农业为主,盛产珍珠,现在也是著名的旅游胜地。

模式与背景

《落潮》由史蒂文森的继子劳埃德·奥斯本(Lloyd Osbourne)[①]于1889年开始创作,其中有多少内容是父子合作完成的,一直颇有争议。开始几章的内容的确有些出自奥斯本之手,然而后面大半故事由史蒂文森独自完成,包括三位叛逆的主人公在船上,以及在邪恶的阿特沃特占据的神秘岛屿上的经历。此外,他还精心润色,完成终稿。在写给朋友西德尼·柯文(Sir Sidney Colvin)[②]的一封信里,史蒂文森表示自己很满意"这个故事",同时扼要说明了为完成这本书他

---

① 劳埃德·奥斯本(Lloyd Osbourne,1868—1747):美国作家,史蒂文森继子,两人曾合著3部作品,劳埃德曾为史蒂文森的《金银岛》等作品提供素材和思路,他自己则独立出版作品8部。

② 西德尼·柯文(Sir Sidney Colvin,1845—1927):英国文学艺术评论家、博物馆馆长,既是史蒂文森的好友,也是其传记作者和经纪人。

做了哪些工作;他写道:"一个人经历如此磨难之后,即便是恶魔本尊,也会放任他自吹自擂一阵儿"(注释1)。《落潮》有些晦涩难懂,可能是因为它糅杂了现实主义和寓言故事的缘故,也正是这一点总是受到评论家的诟病,认为两者未能融为一体。但似乎有另一种可能性,那就是,史蒂文森有意为之,试图以这种粗糙的糅杂手法喻指人类世界的双重性,这方面他可是贡献良多。同《化身博士》《巴伦特雷的少爷》一样,《落潮》也探究恶行如何使人精神堕落。但是前两个故事以伦敦和苏格兰为背景,昏暗阴冷,与此不同,《落潮》的故事场景设置在仙境般的南太平洋群岛。这部中篇小说,一如史蒂文森既往之作,以完美而神秘的景致衬托出冷酷卑鄙的人性,产生强烈的对比。

《落潮》开篇,戴维斯(Davis)、赫里克和休易什(Huish)出现"在海滩上",换言之,三人颇似被海水冲刷到海岸的碎石,一贫如洗。当时还籍籍无名的赫尔曼·梅尔维尔(Herman Melville)[1],其作品非常独特,同时代作家中鲜有认同者,而史蒂文森慧眼独具,前承赫尔曼·梅尔维尔的作品风貌,后接约瑟夫·康拉德(Joseph Conrad)[2]的小说,看到了"白人文明"(white civilisation)在扩张之后开始逐渐萎缩:

> 太平洋诸岛处处可见不同种族的欧洲移民,几乎每个社会阶层都有,给当地增添了活力,也

---

① 赫尔曼·梅尔维尔(Herman Melville,1819—1891):十九世纪美国最伟大的小说家、散文家和诗人之一,但其生前并未受到重视,后被誉为"美国的莎士比亚"、美国象征主义文学大师,出版小说、诗集等 15 部,代表作为海洋题材的长篇小说《白鲸》(*Moby Dick*,1851,后改编为同名电影),故事人物名字许多来自《圣经》,探讨人类与自然等主题,极具象征与寓言意味,被认为是世界十大文学名著之一。

② 约瑟夫·康拉德(Joseph Conrad,1857—1924):波兰裔英国作家,航海经验丰富,擅长海洋冒险小说,有"海洋小说大师"之称,出版著作 40 余部,代表作有长篇小说《吉姆老爷》(*Lord Jim*,1900,后被改编为同名电影)、中篇小说《黑暗的心》(*Heart of Darkness*,1902,后被改编为电影《现代启示录》,即 *Apocalypse Now*)等。

带来了疾病。有些混得风生水起，有些则狼狈糊口。有些爬上高位，名下有岛屿、有舰队。另一些呢，为了生存，不得不娶个当地女人；他们懒散度日，依赖某位巧克力肤色、活泼健壮的女士过活；四肢懒散地张开，仰卧在棕榈树树荫下，给岛民们讲述记忆中的歌舞杂艺。这些欧洲移民穿衣打扮俨然是当地土人，但仪态举止仍有些不同，或许还留有做过官员或者学者的印迹（如独眼镜，a single eyeglass）。（第 123 页）

小说开篇这一段，将欧洲殖民者描绘得纨绔又可笑，还是瘟疫携带者。后殖民历史学家也给我们提供越来越多的证据，确信十七至十九世纪欧洲人向各殖民地传播的疾病，与他们传播的技术和文化一样多。因体质不同，南太平洋地区的土人无法抵抗白人带来的病毒，人口甚至曾一度锐减。史蒂文森的这段开场情节还坦承，这些殖民者生性狡猾，他们要么爬上“高位”，或者攫取了“土人”首领的地位，要么变得懒惰，依赖土人的劳动为生，从而“入乡随俗”，变成当地土人（这些土人，通常被看成是懒惰成性，而史蒂文森利用此处描写，完全逆转了这个模式化印象）。我们还发现，这些白人带来的，远不是什么高雅的艺术，而是“歌舞杂耍”（art of the music-hall）。传统观念认为，欧洲殖民政策对殖民地的影响是优质的，是文明的，这段文字将这种观念全面瓦解，并暗指这些白人过着像寄生虫一样的生活。

流浪者三重奏

三个流浪汉分别是戴维斯、赫里克和休易什，他们一致同意，三人都用化名。他们是白人，却贫困潦倒。故事第一章，他们就身无分文，正饥肠辘辘地谈论着各自认为最美味的餐食。下雨了，休易什正患感冒，他们不得不离开海滩，躲进一个旧监狱。破晓时分，他们挤成一团取暖，这三人此时的状况或许让读者以为，会读到一个难兄难弟困境中患难与共、相互扶持的故事呢。几个船员是“肯纳卡人”（kanakas）①，给了他们几根香蕉，三人烤了烤当早餐。“肯纳卡人”

① 肯纳卡人（kanakas）：夏威夷语，指十九世纪末至二十世纪初在英国殖民地做工的夏威夷及南洋群岛的土人。

是西方人对南太平洋诸岛当地土人的称呼。作为回报,戴维斯为这些船员跳舞,自己吹着口哨伴奏。看得出,他们的处境糟糕透顶,又担心法国当局会抓他们这些流浪汉去当苦力,三人开始谋划,去"法拉隆号"(Farallone)上找活干,这艘船上的白人长官因出天花死了。其他白人船员担心会被传染天花,没人肯上这艘倒霉的船工作,所以这次机会落到了三位"英勇无畏"的主人公头上。他们获准接管这艘船,指挥黑人船员完成这次航行,把香槟酒运往澳大利亚,此时,这三个人似乎社会地位回升。命运时起时落,小说一开始就埋下了这样一条线,我们就等着看这三个人的命运,会不会获得救赎。

我们面前的这三个流浪汉,各有特点,不尽相同。戴维斯原是美国船长,因酗酒误事而被解职,现在是回归原位的良机。休易什以前曾做过店员,这次受聘监管船上的货物,这个职位似乎是为他量身定做。赫里克只是个辍学的大学生,看起来在这次"法拉隆号”运输任务中没多少用武之地。乍看之下，他是西方文化的典型代表，与一位英国古典诗人（罗伯特·赫里克，Robert Herrick①）重名，懂法语也熟知维吉尔（Virgil）②。读者看到后面这个如雷贯耳的名字，就可能想起维吉尔的史诗《埃涅伊德》（*Aeneid*），然后猜测史蒂文森笔下的赫里克是否也会踏上一段英勇豪迈、不同凡响的旅程，与他起初的落魄形成鲜明对照。这几个人好像及时得到了救助，如赫里克所说：“再这样过一个周，就算为了一元钱，我也会杀人”（第160页）。但是，在“法拉隆”号船上顿顿饱餐了没多久，戴

---

① 罗伯特·赫里克（Robert Herrick，1591—1674）：英国抒情诗人、牧师，其诗歌集《金苹果园》（*Hesperides*，1648）最为著名。他一生著有2500多首诗歌，许多诗歌被谱曲传唱，其中《给少女们的忠告》（“To the Virgins, to Make Much of Time”）、《樱桃熟了》（“Cherry Ripe”）、《致水仙》（“To Daffodils”）等为英国诗歌中的名作。

② 维吉尔（Virgil，拉丁名为Publius Vergilius Maro，公元前70—19）：著名古罗马诗人，代表作为史诗《埃涅伊德》（*Aeneid*，又译《伊尼特》），被认为是著名古罗马诗人荷马（Homer，约前9世纪—8世纪）的史诗《伊利亚德》（*Iliad*）、《奥德赛》（*Odyssey*）的续篇。

维斯和休易什就受不了诱惑,开始狂饮船上的香槟酒。而赫里克拒绝堕落,仍如“绅士般”紧守尺度。直到两位同伴喝完了第一批香槟,打开第二批货,发现大多数香槟酒瓶里装的竟然是水,他们才意识到船主另有图谋,料定他们三人肯定完不成运送任务,船主就能以丢失货物为由骗取保金。但我们还是心存期待,这三个人或许会战胜自己的性格弱点,勇敢面对这个毒辣的挑战。戴维斯提议,在靠近美国领事馆的某个地点沉掉这艘船,那么因为他的美国公民身份,他们几个就可以被送到旧金山,彻底逃离困境。然而,他又发现船上食物不足,还责备厨师过于浪费。但休易什却道明,是戴维斯自己一直暴饮暴食、不加节制造成的,拒不相信戴维斯能带他们脱险,而戴维斯刚萌生出些许责任感,正以此为荣呢。激烈的争斗一触即发之际,船行驶到一个神秘的岛屿,这个岛自1851年起有了些记录,可以从一本南太平洋航海手册里找到。读者再一次期待,马上会读到些激动人心的历险桥段,就像《埃涅伊德》危机四伏又令人着迷的海岛故事,或许还会想起莎士比亚的《暴风雨》(*The*

Tempest）、丹尼尔·笛福（Daniel Defoe）①的《罗宾逊漂流记》（*Robinson Crusoe*），还有乔纳森·斯威夫特（Jonathan Swift）②的《格列佛游记》（*Gulliver's Travels*）。但是，流浪汉们肮脏的道德内心再次显露无遗，与神话般美丽的景色形成冲突。史蒂文森的笔下，逼真的景象触发诸多不祥浮想，现实与虚幻总是如影随形。赫里克探查海边石屋就是一例：

> 屋里简直是个船舶古物店：锚索、起锚机、大小形状各异的船台；舷窗、梯子；锈迹斑斑的桶、舱室升降口的木盖；一个带着黄铜架子的罗盘箱，罗盘指针懒散地摆动，在这间杂乱昏暗的小

---

① 丹尼尔·笛福（Daniel Defoe，1660—1731）：英国小说家、记者，出版300多部作品，被视作英国小说的开创者之一，《罗宾逊漂流记》（*Robinson Crusoe*，1719）是其代表作。

② 乔纳森·斯威夫特（Jonathan Swift，1667—1745）：英国爱尔兰作家、诗人、牧师，讽刺文学大师，代表作有《一只桶的故事》（*A Tale of a Tub*，1704）、《格列佛游记》（*Gulliver's Travels*，1726）。

> 屋里,它指哪个方向没有人在意;还有绳索、锚、鱼叉、一个泛绿锈的古旧铜质鲸油刮勺、一套舵轮、一个顶部写着"亚细亚号"的工具箱:船舶部件应有尽有,或铜线捆绑或铁皮包裹,搬不起摔不碎,结实笨重。这堆物件至少来自两艘船的残骸;望着这些物件,赫里克觉得,这两艘船上的船员似乎就在那里看守,他似乎听到他们来回走动、低声耳语,眼角余光似乎看到几个水手的游魂。(第 201 页)

这一件件实实在在的物品,在赫里克眼中幻化出了"游魂"。赫里克看到的这些东西,显然是住在这个孤岛上的人从海里打捞上来的,但他的思维却暗示他,是海妖和鬼怪竭力诱惑那些海员走向毁灭和死亡。这些物品象征着白人文明的垃圾或残骸,特别是透过赫里克的双眼,他和两个同伴或许正身处这片残骸,或者垃圾之中。

岛主

此时，这三人初识阿特沃特，这位神秘小岛的掌权者是个受过大学教育的英国人。这个名字听起来很普普通通，却带有鲜明的象征意义；阿特沃特（Attwater），“water”是自然界四大基本元素中的“水”，这或许向赫里克和读者暗示，此人在这片四面环海的领域内无所不能。与阿特沃特见面时，戴维斯用假名“布朗”（Brown），赫里克叫“海伊”（Hay），只有休易什显露真名。他往常用“海伊”这个假名，赫里克也用这个名字，但他在赫里克之后介绍自己，所以还没来得及另想一个。那么，可以预期，在这位岛主面前，这种小伎俩会被拆穿，出现戏剧性冲突。阿特沃特自己呢，时而传统老套，谨遵“英格兰”礼仪，时而又特立独行，出人意表，让赫里克和读者都摸不着头脑。看看下面他邀请三人共进晚餐的情形：

“六点半如何？鄙人荣幸之至！”

说这几句客套话时，他的声音立刻带上了一

股虚伪客套的腔调；赫里克下意识地随着他说："我等不胜感激。六点半是吗？非常感谢。"

"我的声已高昂如枪炮鸣响，开战之时便威震四方(For my voice has been tuned to the note of the gun/ That startles the deep when the combat's begun)"，阿特沃特浅笑着吟诵了一行诗句，又立刻板起面孔，变得威严肃穆。(第194页)

此处，阿特沃特起初以传统礼仪相待，彬彬有礼，后迅速变脸，语带威吓地吟诵诗行。他或许即将把自己变成一个海岛恶魔，不会善待这三个外来者，况且，恰在此之后，他引导赫里克参观他的家，这所房子残缺破败，似乎验证了赫里克的想法，这是处毁灭之所，诱惑人们走向死亡。阿特沃特告诉三人，岛上原本有33个人，最近因天花祸乱，已经死了29个。赫里克也注意到，跟平日相比，戴维斯沉默寡言起来，有些唯唯诺诺，跟往常胸有成竹的"船长"形象完全不同，所有这些都让他觉得阿特沃特神秘莫测、气场强大。阿特沃特着意促使赫里克相信，这座岛受过诅咒。听到赫里克说这个岛

“像天堂”(“heavenly”,第 202 页),他回答说:

> “我还可以断言,你肯定会喜欢这个岛的名字,非常可爱的名字。颜色鲜明、令人回味,也朗朗上口;跟起名的人一样——像半个基督徒!记得你初见这个岛的模样吧?树木连绵不断,绿树之间流淌着溪水;若问这个岛叫什么名字,人家会告诉你,‘nemorosa Zacynthos’①(出自维吉尔的《埃涅伊德》“绿树成荫的扎金索斯岛出现在水中央”一句中)”(第 202 页)

赫里克仍在疑惑自己身处现实还是虚幻,阿特沃特却再次放任不理,甚至还说小岛的名字是“半基督徒”式(因为这个岛名来源于维吉尔,维吉尔的世界观与基督教某些教义近似而其生活年代却早于基督教时代,

① Nemorosa Zacynthos:拉丁文,“wooded or shady Zacynthos”(绿树成荫的扎金索斯岛)之意;扎金索斯岛(Zacynthos)是希腊西海岸爱奥尼亚群岛(Ionian Islands)中的第三大岛,面积 402 平方公里,景色优美。

因而有原生基督徒“proto-Christian”之称），让赫里克困惑更甚。阿特沃特自己，像维吉尔一样，是半个基督徒，心中牢牢驻着一个希腊神，对抱怨命运不公的人会严加惩戒。不知感恩的人对传统意义上的神祇满腹牢骚或者受到此神祇的召唤，这一浮想在本故事开始就已非常清晰，如休易什因跟戴维斯出海而心情不好，忽然爆吼：“妈的！真该跟上帝聊聊，骂他一顿！”(第182—183页)。若读者警醒，随即就会勾画出一个狂妄之徒亵渎上帝的悲剧故事，这一构想会越来越清晰，随着故事的展开，终会迎来经典的悲惨结局。

然而阿特沃特也是一个维多利亚时期的基督教传教士，他语带责备，要求赫里克注意：

> “是他扶助你，是他被你每天重新钉在十字架上①。这里什么都没有！”他捶了捶胸脯，“那里

① 基督教教义认为耶稣因替人类赎罪而被钉死在十字架上，之后复活，但是人若再犯罪，就是将耶稣重新钉到十字架上。

也没有!”又重重地敲了敲墙壁——“什么都没有,只有上帝的恩惠!我们前行,我们呼吸;我们生存,我们毁灭;都因上帝的恩惠。上帝施恩惠于我们,才有了一钉一轴,宇宙万物……”(第203页)

此处,阿特沃特阐明了一个非常传统的基督教观点:在神圣经论里,宇宙运动、人类行为,一事一物都有可解;我们对任何境况,即便是逆境的回应,从道德上讲,也应该是正派的。但是,救赎观再次显现,尤其是对赫里克的救赎,因为他是三人中唯一一个对阿特沃特的长篇大论感兴趣的人。但是,阿特沃特狂热鼓吹又身体力行,所有的言谈举止都在严格践行《圣经》教义,或许让我们心生警觉——他是一个狂热分子。他想要掌控持无神论的赫里克的思想,所以将这个岛既看成“天堂”又当作彻底的罪恶之地,他这种笃信,或者他严谨的基督教现实主义思想,与赫里克的困惑形成鲜明对照,随着两人因相互吸引而逐渐靠近,我们或许会注意到,史蒂文森的作品中再次出现了两个完全相反的极端。

阿特沃特与浪子

戴维斯和休易什谋划要杀掉阿特沃特，攫取岛上的物资，尤其是珍珠。那位岛主邀请三个人共进晚餐时，他们俩想方设法麻痹阿特沃特，意图让他毫无警觉。计划是否全在谋划者的掌控之中呢？要想知道答案，需要在字里行间寻找蛛丝马迹，但是一如史蒂文森的风格，答案并未直接言明，巧妙地隐藏在他对阿特沃特的描写中：

> 一只体型硕大的猫伏在他的肩上，低声呜叫，偶尔伸出一只爪子，敏捷地接住抛来的食物。他自己也像只猫，懒洋洋地依靠在桌子一头，细心观察或旁敲侧击，一会儿和颜悦色，一会儿讽刺挖苦，一副漫不经心的模样。他好客又随意，休易什和船长渐渐卸下防备。（第 212 页）

此处，阿特沃特像逗弄猎物一样逗弄着两人，这个比喻再明显不过。如果把阿特沃特比喻成掌控人类命运的神，就出现了一个非常模糊的影像，一个怀揣险恶用心而无故迷惑人类的人物形象。即便史蒂文森自幼深受加尔文主义影响，此时也多少透露出些无神论思想。人类，无论经历过什么，最终都毫无意外地走向死亡，因此能否安享世界全由他们自己决定。虽然此刻赫里克并未明确表示放弃无神论，他也清楚地感觉到，阿特沃特会更胜一筹，看穿这个谋杀计划。然而这个情节之下隐含的心理活动是，赫里克记得清清楚楚，这两位曾经共患难的同伴一贯蠢笨，他们无论怎样，都无法改变境遇，所有的计划都注定失败。

阿特沃特提到他射杀了一个黑人仆从，因为这个仆人暗算同伴，导致后者自杀，听到这个冷血的故事，为摆脱阿特沃特的控制，打破此时剑拔弩张的局面，赫里克对他破口大骂。赫里克此时是真的满心厌恶和恐惧，同时也看得出，面对比自己强大的势力，他试图逃避。赫里克怒冲冲地跑出阿特沃特的石屋，戴维斯追了出来，赫里克提议两人逃走，说可恶的休易什既然一心想杀阿特沃特，随他好了。“到哪儿去呢，孩子？”船长说，“起锚开船还不容易嘛。可问题是，我们没地方可去呀。”赫里克回答说：“出海。海阔天空，总有我们的容身处！到海上去——离开这座可怕的岛还有那个，哦！那个阴险的家伙！”(第221页)赫里克想再回到茫茫海上，想要与世无争。他试着给戴维斯解释，说阿特沃特是个热忱的基督徒，有强烈的使命感，他们三个居无定所、一事无成的人根本不是他的对手。他跟戴维斯说，阿特沃特是个宿命论者(fatalist)：

“宿命论者？什么意思？”戴维斯问。

“噢，就是说，这个人相信很多事情，”赫里克回答说，“相信他弹无虚发；相信不管你怎么抗争，事情也会按照上帝的安排发展；诸如此类的事情。”

“咳，我想，我也相信这些，”戴维斯说。

“你也相信？”赫里克问。

“我当然相信啦！”戴维斯答道。

赫里克耸了耸肩。“算了，你真是个傻瓜。”说完，他把头靠到膝盖上。(第222页)

此处可见《落潮》的部分故事脉络：赫里克一直寻觅一个像父亲一样指引他的人，却最终失望，未达成所愿。故事前面部分有交代，赫里克的父亲是一个“精明能干、野心勃勃的人”（第 125 页），他在伦敦的生意破产，不得不“从头再来，当一个小职员”（第 125 页）。父辈的不幸让赫里克的前途也泡了汤，他变成了个浪荡子，因此“他的事业自此总是不断失败”（第 125 页）。他试图引起戴维斯的关注，就像浪子回到父亲身边，但是随着故事的发展戴维斯的经历逐渐清晰，他自己的事业也一败涂地，曾因在“海上流浪者号”（Sea Ranger）上醉酒渎职而导致数人溺死海中。戴维斯的遭遇和赫里克的父亲很像，两人都曾从高处跌落到社会底层。此处是典型的史蒂文森式叙事手法，源于《圣经》的基督教故事若隐若现，然而故事线索最终却隐晦不明，了无踪迹。这一用法符合史蒂文森一贯质疑西方文化、认为西方文化逐渐凋零的观点。

听到戴维斯说他自己也是“宿命论者”，相信人生不平凡，相信一切皆命中注定，赫里克很失望，甚至说戴维斯是个“傻瓜”，但是他没能说服戴维斯放弃要做大事的想法，也就是说，戴维斯仍计划谋杀阿特沃特。此时阿特沃特把休易什送了回来，喝得烂醉的休易什此前已经泄露了他们三人的真实姓名，还有他们的真实经历，引起了阿特沃特的怀疑。这个计划还没实施，这两个人就陷入了那位岛主的圈套：

> “这就是你们的白教堂腐尸①计划?!”阿特沃特说，“你们这会儿可能想知道，你们的确该死，而我为什么没有立刻结果了你们吧。我告诉你，戴维斯。因为‘海上流浪者号’事故，还有那些淹死的船员跟我没关系，你们偷来的‘法拉隆号’和船上的香槟也跟我没关系。这些账在上帝那里记着呢；他一直记着，时机一到，你们的报应就来了。我呢，只是怀疑你们，即便像你们这种渣滓，我也不会只因为怀疑就大开杀戒。但是，你们得

① 白教堂腐尸（Whitechapel carrion）：指十九世纪八十年代末期轰动一时的伦敦东区“开膛手杰克”案，白教堂是这个系列杀人案的案发现场。

> 明白！下次再让我看见你们任何一个，就是另一码事了，等着挨枪子儿吧。现在，马上滚。”（第224页）

阿特沃特此时，出于虔诚基督徒的立场，表现得很有正义感，虽然一些人不喜欢他那股狂热劲头。赫里克期待他能像上帝那样无所不能，他拒绝扮演这个角色，尽管对这几个人是什么德行已了如指掌。回到“法拉隆号”上后，赫里克因再次被人说成是“渣滓”(vermin)而陷入绝望，企图跳海自杀，可连这件事也没干成。他被海浪冲到了岸边，阿特沃特发现了他，然后令人震撼的一幕出现了，他竟然对那位岛主俯首称臣，听凭他处置：

> “我来了。支离破碎，像打碎的陶罐，敲烂的皮鼓；我所有的生命已随水逝去；我的信仰离我而去，除了对生的恐惧，我一无所有。为什么到你这里来？我也不知道；你冷漠残酷，又可恶；我讨厌你，我想我恨你。但你很诚实，是个诚实的

绅士。我,没办法,任你处置吧。要我做什么?如果我一无所用,就行行好,给我一枪;我只不过是断了腿的小狗,一只丧家犬!"(第230页)

在赫里克来看来,阿特沃特意志坚定、行动果敢,与他们三个流浪汉的软弱无能形成反差。阿特沃特(Attwater)这个名字的象征意义非常鲜明,代表一种心智成熟的对立面,与三个流浪汉的脆弱,即衰退的"落潮",完全不同。在此,史蒂文森建立起另一组极其清晰的对照。但是,采用这种突出强调、充满讽刺意味的对比手法,史蒂文森大概想表明,阿特沃特的使命感其实跟三个流浪汉的毫无目标没什么基本区别,无需太在意。无神论者赫里克自此把阿特沃特当神一样崇拜,一个虚假的神灵,阿特沃特代表的是南太平洋以及其他地区,以铁腕手段对当地人民进行殖民统治,控制他们,向他们传输宗教思想的那些白人。他的形象比较模糊,是故事中最像恶魔的一个人物。赫里克一吐为快,看似果敢的背后,是他那一串拟圣经式隐喻,他把自己描述成"打碎的陶罐"(broken crockery)、“敲烂的皮鼓”(a burst drum)。此外,他跳海自杀未遂犹如再次以水受洗,还有他求助阿特沃特,以获得某种救赎,浪子的隐意再次清晰显现。但如果他已经完全无可救药,则请求阿特沃特即刻当场杀了他。他此时完全臣服于这个传道者,所以把自己描述成“断了腿的小狗,一只丧家犬”,暗示自己绝不会反抗。即便赫里克已经认输,说话的时候用了一串基督教关于罪孽或臣服的词语,我们还是怀疑,他是否已神志不清,还有,他甚至恳求阿特沃特别把他当人,而当作动物,又过分地自我贬低。

期待落空的故事和自私自利者组成的团伙

《落潮》开篇之时构架起一个救赎故事,或许还有南太平洋历险故事,然而如前所示,这种种期待在故事中又一一落空。阿特沃特的形象也是如此,赫里克起初用正统俗语描述阿特沃特,说他“邪恶”,把他看成是魔鬼,但是在上段引用中又成了这个年轻人的救赎者。我们或许一直期待赫里克成为英雄,或者至少是个立场坚定、原则性强的人,让我们尊敬,然而他的形象也同样模糊不定。赫里克学识丰富、体贴周到,我们也期待他能够看清自己身处的形势。但是,他却臣服于阿特沃特,看上去是一种退化,令人震惊,觉得他幼稚可笑。(这个情节和《巴伦特雷的少爷》的一个情节近似,亨利以为自己杀死了哥哥詹姆斯,悲痛欲绝,向父亲寻求帮助。)此时,他什么都不想,完全把自己交付到别人手上。赫里克似乎相信阿特沃特有能力搞定任何事情,虽然这实际上意味着什么,赫里克自己也不清楚。就好像他只是在扮演那个浪子的角色,他所处的文化告诉他,他要忏悔。之所以如此,或许纯粹是因为,赫里克对自己的生活彻底失望,已筋疲力尽;他屈服了,他将自己置于可笑的境地,对阿特沃特卑躬屈膝,就是明证。

像赫里克臣服于阿特沃特一样,小说的副标题,“三重奏和四重奏”(“A Trio and a Quartette”)概括了小说前后两部分的内容,也显得僵硬,或者说,过于呆板。第一部分聚焦“三重奏”或许暗示,史蒂文森会超越《化身博士》中对人类本性双重性的刻画,去解读人类社会的各种自私自利,以及隔阂分裂。“三重奏”

的字眼可能会让读者想起一种互帮互助的团队协作精神(esprit de corps),或许就像《三剑客》(*The Three Musketeers*)[①]里描述的那样,但是我们却看到,休易什狡猾奸诈又自私自利,戴维斯一事无成却善于交际,赫里克学识渊博却漫无目的地漂泊,这三个人走到一起,只为了方便行事。每个人都在同伴身上找到了自己所不具备的能力或长处,他们凭直觉认为,集三人之力,可能会改变他们的人生。三人都意识到,同伴对各自的过往都有所隐瞒,或者都有不可告人的秘密,而这正是他们三个抱团的原因,不是出于真正的友情。这种境况也可以解读为具有象征意义,象征着史蒂文森令人倍感压抑的人类社会观,他认为现实中的人类社会全是自私自利之人。

当三重奏变成了"四重奏"(带有讽刺性,让人联

---

① 《三剑客》(*The Three Musketeers*):又译《三个火枪手》,法国著名作家大仲马(Alexandre Dumas,1802—1870)1844年出版的小说,法语名为 *Les Trois Mousquetaires*,主人公以"人人为我,我为人人!"(Tous pour un, un pour tous)为座右铭。

想到和谐的弦乐组合,文明世界锦上花之一),情况就变得极其紧张。三个投机分子和阿特沃特初次会面,看似欢乐友好,却透着令人不适的虚假:

"好吧,"戴维斯说,"我想可以称之为偶然。我们听说过这个岛,你知道,《航海指南》里也写了'不对外开放的原因';所以,我们看到了礁湖的反光,就马上朝着这个方向航行,然后,就到了这里。"

"打扰您啦!"休易什说。

陌生人略带惊讶地看了休易什一眼,再次刻意转开目光。他不理不睬的样子,真让人难堪。"你们来这里,正合我意。"他说,"我的双桅船逾期未归,正可以请你们帮我带点货。你们的船出租吗?"

"哦,我想可以,"戴维斯说,"要看情况而定。"

"我叫阿特沃特,"陌生人继续说,"我想,您是船长吧?"

"是的,先生。我是这艘船的船长:布朗船长。"戴维斯回答说。"哦——,等等,"休易什说,

“还是开门见山吧！他在船上是船长没错，下了船就不一样了。下了船，我们不分高低，合伙历险；谈生意的话，我和他都行；我想说的是，我们进来喝一杯，大家一起聊聊生意的事吧。我们还有点儿上好的香槟呢，”说着，他眨了眨眼。

这位绅士面前，店员显得更加粗俗；赫里克像是护短，本能地赶紧插话。（第192—193页）

戴维斯在谈话一开始就力图解释清楚，他们的船为什么会停靠阿特沃特的这座岛。他称他们只是“偶然”到此，尽管他承认，他们之前仔细研究了航海手册寻找可以靠岸的地方，不管这个岛是不是私人领地他们都来了。那么，他的话直接就传达了这样一个信息，他们在漫无目的地航行，“毫无章法”，已陷入绝境。这时，一口伦敦腔的休易什，礼节周全地插话说“打扰您啦”，却让势利的阿特沃特证实，这帮初来乍到的人粗俗无礼。阿特沃特沉默以对，同戴维斯和休易什的滔滔不绝、虚伪造作形成对照。接着，他开始试探，问他们的船是否出租，戴维斯和休易什模棱两可的回答

(休易什声称,“法拉隆号”上现在没有上行下令的等级制度),让阿特沃特再度确认,他面前这些人是一群劫掠者。不善社交的赫里克旁观了这一切,意识到他们的表现是多么拙劣。此处暗藏着一出黑色喜剧,在南太平洋的“荒野”之中,阿特沃特和赫里克作为津桥毕业生(Oxbridge,Oxford 和 Cambridge 的合成形式),如何看待这些社交礼仪。阿特沃特自己也不是什么白璧无瑕的角色。他以读大学时的学院名[①]命名自己的双桅帆船为“三一厅”(Trinity Hall)。他在等待这艘庄严可敬,象征着文明的船到来,却等来了破旧寒酸的“法拉隆号”,载来颠沛落魄的三个人。如果阿特沃特像岛上的神(至少在赫里克看来),他期盼从海上运达的东西没有来,而这个愿望却落空,此处可能是史蒂文森对他的嘲讽。阿特沃特的岛上,一切似乎文明有序,但他对为数不多的当地土人实行君主专制式统治,还时不时充满激情地宣讲宗教教义,说明这个人粗暴无情,与他引以为傲的白人文明自相矛盾。

① 此处指剑桥大学三一学院(Trinity Hall)。

似乎很清楚，四重奏的故事不会比三重奏的故事好到哪里去。赫里克此前在那个废弃的巴比特（Papeete）监狱墙上涂鸦的时候，加了一行维吉尔的诗，大意是："这些人真是福分不浅，有幸死在父亲面前，死在家乡特洛伊的高墙之下！"[①]（第 144 页）。这句话指人类遭遇凄惨的时候得到神的庇佑，史蒂文森引用此句，却意在讽刺。像维吉尔的《埃涅伊德》这样的古老史诗是西方文明的保护壁垒，写的是英雄们为人民而战的伟大事迹。而《落潮》嘲讽世事有序、命由天定这种思想：这部小说毫不留情地批判了期待英雄事迹的想法。三重奏和四重奏这两部分都虚构起有重大事件要发生的假象，而这些事件其实根本没有美好的结局，没有决定性的成果。以下情节就是例证，有力讽刺了那些命运天注定的故事，认为它们皆不切实际。之前谋杀阿特沃特的计划受挫，休易什把自己的第二

① 出自维吉尔的史诗《埃涅伊德》，全句为"O thrice and four time blest, whose fate it was to die before their fathers' eyes beneath the high walls of Troy"。

个计划看作是大卫和巨人歌利亚(David and Goliath)①之间的较量,他虽弱势但必定会打败强大的阿特沃特,此章的标题也与圣经故事的标题一致。犹太英雄大卫克服万难,打败了神气十足的巨人歌利亚,然而休易什当然不是那个讨人喜欢的大卫。有意思的是,小说中最令人厌恶的角色休易什认为,他提出与阿特沃特一对一决斗,具有骑士的勇敢侠义之风,这个想法并不可笑。即便是他,也偶尔想在自己的生命中留下光辉的一笔,正如阿特沃特相信世间存在上帝的旨意或安排,如戴维斯总想着恢复他航海家的名誉。表面看来,四人中,赫里克显然是最不相信自己生命中会有什么大事发生的那个人。他似乎刻意避免让自己有任何突出之处,虽然他曾写了封文笔非常浪漫的信寄回英国给爱玛(Emma,他以前的恋

① 大卫和巨人歌利亚(David and Goliath):出自《圣经·旧约·撒母耳记上》(*Book of Samuel*)第17章。歌利亚是非利士军中最勇猛的将军,身形巨大、力大无穷,大卫是以色列的年轻牧童;在非利士进攻以色列的战争中,大卫迎战歌利亚,获得胜利并割其首级,后大卫统一以色列,成为著名的大卫王。

人)。赫里克酷爱维吉尔笔下的史诗历险,喜爱德国音乐,还有,最说明问题的或许是,他的名字取自抒情诗人罗伯特·赫里克,考虑到这些,或许他也构建了一个自我形象或者自己的故事,他是一个放弃安逸生活、浪漫不羁的流浪者。我们知道,他一度生活放纵,但是并不清楚他具体犯下什么罪。可能是因为所犯罪行太重,他才奔逃,回忆的时候却想成是自我放逐。爱玛,文学作品中的恋人都叫这个名字,我们甚至不知道,赫里克的这个爱玛是否真的存在。赫里克臣服于阿特沃特的时候,竟然全盘接受他讲的基督教故事,令读者惊讶,但这个情节或许仅仅印证了,赫里克自始至终倾向于相信恢宏的英雄故事。

所有的叙述,或者故事,在《落潮》中均以失败告终。故事开始阶段对南太平洋的描写就毁掉了历险的场景,暴露出白人懒惰、病态、腐败的弱点。不只这三人谎话连篇、坑蒙拐骗,还有据称非常可敬的"法拉隆号"的船主们,也心狠手辣,密谋牺牲掉一些资金来骗取保险费。大卫(或者休易什)输给了歌利亚(阿特沃特),不足为奇但却是一出黑色喜剧,最后,当"三一厅号”出现，带戴维斯和赫里克离开这座岛的时候，阿特沃特让人把“法拉隆号”付之一炬。令人疑惑的是，故事末尾，戴维斯虔诚地祷告，用赫里克的话说，好像变成了“阿特沃特的心肝宝贝，得宠的悔过者”(第252页)。为什么呢？戴维斯曾是个不懈的追梦人，总是自我欺骗，现在却认同阿特沃特人性本恶、需要惩戒和救赎的观点，而不切实际、一事无成的赫里克，却已不再“转变”。戴维斯不愿离开；他已经在短时间内变得循规蹈矩，习惯了阿特沃特岛上的舒适生活，或者(基督教)枷锁，而流浪者赫里克如今却很高兴能离开，不管接下来会有什么样的生活。

朴实无华的现实存在

《落潮》都是些奇奇怪怪、前后矛盾的事件，是史蒂文森坦承，自己绞尽脑汁才创作出的故事。究竟该怎么理解这整个故事呢？哪个象征故事都不完整，无法阐释；这部小说似乎有几个异常规范的情节(如阿特沃特似乎让赫里克彻底转变，简直脱胎换骨)，也像是逻辑关系模糊难辨的诸多事件及其续发事件的合集。可以说,《落潮》差不多是一部典型的存在主义文本。存在主义是一种哲学思想,与二十世纪前半叶密切相关,这个流派最著名的是让·保罗·萨特(Jean Paul Sartre)①的作品,而史蒂文森一贯具有预见之明,能看到在他所处时代刚刚崭露头角的那些思想潮流。存在主义认为世界上没有神灵,人类独自存在于这个世界,由此,人类必须自己肩负起做各种选择的重担(Burden,的确如此,若换成心理学术语,就是焦虑,anxiety)。没有谁的人生是预先设定好的;没有给谁预备好合适的道路;也根本没有超自然的或者精神上的结局。人类并不是普世价值的全部,而是连续不断的经验(或者存在)中具有现实性意义的那一部分,生而为人的意义在于"真实"的个体每时每刻都活得坦诚,所作所为皆出于自由意愿。《落潮》,从存在主

---

① 让·保罗·萨特(Jean Paul Sartre,1905—1980):著名法国哲学家、剧作家、小说家、文学评论家、政治活动家,存在主义哲学大师,被称为20世纪最重要的哲学家之一,其代表作为哲学著作《存在与虚无》(*L'Être et le Néant*,1943)及小说《恶心》(*La Nausée*,又译《呕吐》,1938);1964年凭《恶心》获诺贝尔文学奖,却拒绝领奖。

义方面来讲,刻画了一组"虚假不可靠的"人物,他们每个人,都曾在某些时刻对自己的生活闪烁其词,构建起一个虚假的自我形象。小说最终向我们展示了一个极粗陋的世界,这个世界中,主人公们被胡编乱造的故事和冒险传奇湮没,人们很难正视自己平实无华的人生。

注释:

1. 保罗·麦克斯纳主编,《罗伯特·路易斯·史蒂文森:批判继承》(伦敦,1981),第 451 页。

罗伯特·路易斯·史蒂文森：精选参考书目

本文所引用的史蒂文森小说版本皆内容可靠、方便易得。

传记：

Bell，Ian，*Robert Louis Stevenson: Dreams of Exile*. Mainstream：Edinburgh，1992.最具可读性的罗伯特·路易斯·史蒂文森研究专著。

Calder，Jenni，*RLS: A Life Study*. Hamish Hamilton：London，1980.

Callow，Philip，*Louis: A Life of Robert Louis Stevenson*. Constable：London，2001.

McLynn， Frank， *Robert Louis Stevenson*.

Hutchinson：London，1993. 内容最丰富的罗伯特·路易斯·史蒂文森生平传记。

综合研究：

Calder，Jenni（ed.），*Stevenson and Victorian Scotland*. Edinburgh University Press，1981.

Chesterton，G. K.，*Robert Louis Stevenson*. Hodder & Stoughton：London，1927.

Eigner，Edwin，*Robert Louis Stevenson and the Romantic Tradition*. Princeton University Press，1966.

Hammond，J. R.，*A Robert Louis Stevenson Companion: A Guide to the Novels，Essays and Short Stories*. MacMillan：London，1984.

Hillier，Robert Irwin，*The South Seas Fiction of Robert Louis Stevenson*. Peter Lang：New York，1989.

Kiely，Robert，*Robert Louis Stevenson and the Fiction of Adventure*. Harvard University Press：

Cambridge MA，1965.

Maixner，Paul（ed.），*Robert Louis Stevenson: The Critical Heritage*. Routledge & Kegan Paul：London，Boston & Henley，1981.此书几乎收录所有当代罗伯特·路易斯·史蒂文森作品的权威性评论。

Noble，Andrew（ed.），*Robert Louis Stevenson*. Vision and Barnes & Noble：London & Totowa NJ，1983.

Sandison，Alan，*Robert Louis Stevenson and the Appearance of Modernism*. Macmillan：Basingstoke，1995.

Terry，R.C.（ed），*Robert Louis Stevenson: Interviews and Recollections*. Macmillan：Basingstoke，1996.非常实用的追根溯源性文集。

《化身博士》

版本：

The Strange Case of Dr Jekyll and Mr Hyde and Other Tales of Terror edited by Robert Mighall

(Penguin：London，2002).

文学作品中的双重性人格研究：

Keppler，C.F.，*The Literature of the Second Self*. University of Arizona Press：Tucson，1972.

Miller，Karl，*Doubles: Studies in Literary History*. Oxford University Press，1985.

Rogers，Robert，*A Psychoanalytic Study of the Double in Literature*. Wayne State University Press：Detroit，1970.

评论性读物：

Heath，Stephen，"*Psychopathiasexualis: Stevenson's Strange Case*" in Colin MacCabe(ed.)，*Futures for English*. Manchester University Press，1988.

Hirsch，Gordon & Veeder，William，*Dr Jekyll and Mr Hyde After One Hundred Years*. Chicago University Press，1986.

Hubbard，Tom，*Seeking Mr Hyde*. Peter Lang：Frankfurt am Main，1995.

Jefford，Andrew，"Dr Jekyll and Professor

Nabokov：Reading a Reading” in Andrew Noble (ed), *Robert Louis Stevenson*.

《巴伦特雷的少爷》

版本：

The Master of Ballantrae edited by Emma Letley. Oxford University Press, 1983.

评论性读物：

Bonds, Robert E., “The Mystery of *The Master of Ballantrae*” in English Literature in Transition (1964).

Gifford, Douglas, “Stevenson and Scottish Fiction：The Importance of *The Master of Ballantrae*” in Jenni Calder (ed.), *Stevenson and Victorian Scotland*.

Kilroy, James F., “Narrative Techniques in *The Master of Ballantrae*” in Studies in Scottish Literature V (1969).

Mills, Carol, “*The Master of Ballantrae*：An

Experiment with Genre" in Andrew Noble (ed.), *Robert Louis Stevenson*.

《落潮》

版本:

The Ebb-Tide: A Trio and Quartette in South Sea Tales edited by Roslyn Jolly. Oxford University Press, 1996.本文引文来源版本。

Robert Louis Stevenson and Lloyd Osbourne, *The Ebb-Tide: ATrio and a Quartette* edited by Peter Hinchcliffe and Catherine Kerrigan. Edinburgh University Press, 1994.

注意:此书是内容最全面的现代版本,不仅封面上重新启用本书的全名,内容进行有理有据的修订,也非常公允地予以确认,奥斯本对这部小说的贡献虽不算重大,但不容置疑。

评论性读物:

Fowler, Alastair, "Parables of Adventure: The Debatable Novels of Robert Louis Stevenson" in Ian

Campbell (ed.), *Nineteenth-Century Scottish Fiction: Critical Essays*. Carcanet: Manchester, 1979.

Ricks, Christopher, "A Note on 'The Hollow Men' and Stevenson's *The Ebb-Tide*" in *Essays in Criticism LI* (January 2001), No.1.

Originally published by The Association for Scottish Literary Studies (ASLS)

江苏省版权局著作权合同登记　图字：10－2020－156 号

图书在版编目(CIP)数据

罗伯特·史蒂文森：新浪漫主义的心灵写手 /（英）杰拉德·卡拉瑟斯著；刘爱华译. —南京：南京大学出版社，2020.8
（苏格兰文学经典导读 / 吕洪灵主编）
书名原文：Robert Louis Stevenson's The Strange Case of Dr Jekyll and Mr Hyde, The Master of Ballantrae and The Ebb-Tide
ISBN 978－7－305－22917－6

Ⅰ. ①罗…　Ⅱ. ①杰…　②刘…　Ⅲ. ①罗伯特·史蒂文森—小说研究　Ⅳ. ①I561.06

中国版本图书馆 CIP 数据核字(2020)第 127350 号

出版发行　南京大学出版社
社　　址　南京市汉口路 22 号　　　邮　编 210093
出 版 人　金鑫荣

丛 书 名　苏格兰文学经典导读
书　　名　罗伯特·史蒂文森：新浪漫主义的心灵写手
著　　者　［英］杰拉德·卡拉瑟斯
译　　者　刘爱华
责任编辑　董　颖
助理编辑　李小平

照　　排　南京紫藤制版印务中心
印　　刷　盐城市华光印刷厂
开　　本　787×1092　1/32　印张 4.25　字数 59 千
版　　次　2020 年 8 月第 1 版　2020 年 8 月第 1 次印刷
ISBN　978－7－305－22917－6
定　　价　30.00 元

网　　址　http://www.njupco.com
官方微博　http://weibo.com/njupco
官方微信　njupress
销售咨询　(025)83594756